KB057962

밸런스 게임

밸런스 게임

김동식
소설집
10

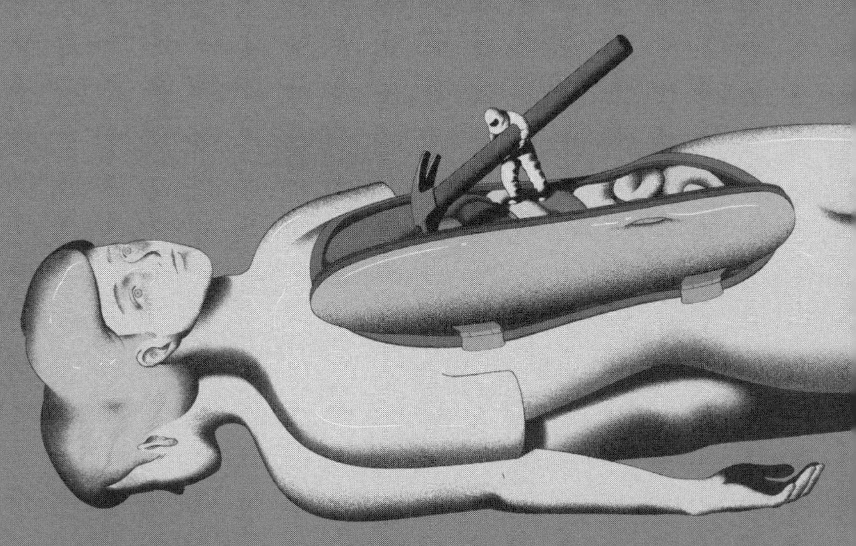

요다

차례

밸런스 게임

안개에 휩싸인 것처럼 모든 것이 희뿌연 공간에서 그는 깨어났다.

"뭐야…? 여긴 어디야?"

아무것도 자각하지 못하는 그에게 한 목소리가 들려왔다.

[너는 두 가지 중 하나를 선택할 수 있다.]

"뭐?"

어디서 들려오는지 모를 소리의 진원을 좇아 두리번거리던 그는 목소리에게 물었다.

"누굽니까? 여기가 어딥니까? 이게 다 뭡니까?"

목소리는 담담하게 말했다.

[그것은 중요하지 않다. 이곳은 무지의 장막 너머이니까.]

"예?"

[너는 지금 네가 누군지도 모르지 않느냐?]

"예? 제가 무슨…. 어라?"

그는 소스라치게 놀랐다. 목소리의 말대로 아무것도 떠오르지 않았다. 내가 누군지, 어떻게 생겼는지, 뭐 하는 사람인지, 어쩌다 이러고 있는지, 심지어는 성별까지도.

"정말 모르겠어요. 세상에!"

[이곳에서 너는 가장 원초적 선택을 내릴 것이다.]

"가장 원초적 선택?"

[두 가지 중 하나를 선택하면 이곳을 떠날 수 있다.]

그는 자신도 모르게 목소리에 집중했고, 목소리는 조금 더 힘주어 말했다.

[1000만 원과 100만 원이 있다. 네가 1000만 원을 선택하면 한 사람이 죽지만, 100만 원을 선택하면 아무 일도 일어나지 않는다.]

"뭐라고요?"

그는 황당해했다.

"지금 1000만 원 벌자고 사람을 죽이란 말입니까? 참 나! 물어볼 것도 없군요."

[대답하기 전에, 두 가지 선택에는 조건이 있다.]

"뭡니까?"

[네가 100만 원을 선택하고 이곳을 떠나면 모든 것을 기억할 테지만, 네가 1000만 원을 선택한다면 아무것도 기억에 남지 않을 것이다.]

"그게 무슨 의미가 있습니까…?"

인상을 찌푸리며 묻는 그에게 목소리는 친절히 설명했다.

[1000만 원을 선택하면 생각지 못한 행운에 순수하게 기뻐하게 될 것

이고, 100만 원을 선택한다면 아쉬움에 선택을 후회할 수도 있겠지.]

"참 나!"

그는 코웃음을 쳤다.

"고작 1000만 원 때문에, 아니지 어찌 됐든 100만 원을 얻을 테니까 900만 원이지? 고작 900만 원 때문에 사람을 죽이지 않은 걸 후회할 거란 말입니까? 그럴 리가 없습니다. 저는 그런 쓰레기 같은 인간이 아닙니다."

[너는 너를 모르지 않느냐?]

"그래도…. 그거야 인간의 기본, 당연한 도리 아닙니까! 그게 정의고 도덕이고 법이지!"

자신 있게 받아치는 그에게 목소리는 되물었다.

[왜 정의와 도덕과 법을 지켜야 하지?]

"당연한 거 아닙니까?"

[왜 당연하지?]

"그건…."

잠시 머뭇거리던 그는 더욱 확고하게 말했다.

"그게 약속이니까요! 그저 짐승이기를 벗어난 인류가 사회를 이루며, 오랜 시간에 걸쳐 합의한 약속이니까 지키는 거 아닙니까! 인간을 인간이게 하는, 우리의 DNA에 새겨진 본능이란 말입니다!"

[그걸 어떻게 증명할 수 있나?]

"그건…. 그래, 죄책감! 인간이 죄를 저지르면 죄책감이 든다는 것 자체가 바로 그 증거입니다."

[죄책감이라는 것도 네가 기억해야 작용하는 것 아닌가? 네가 이곳에서 한 행위를 기억하지 못한다면 죄책감도 없을 텐데?]

"그건…."

[네가 기억하지 못하는 일에도 죗값을 물어야 하는가?]

"내가 기억하지 못해도, 그것은 일어난 사실이 아닙니까? 사실이 존재하는데 죗값을 물어야지요!"

그는 마치 인류의 대변자라도 되는 듯, 이 말싸움에서 이기기 위해 열을 냈다. 반면 목소리는 내내 담담했다.

[그럼 결국, 죗값을 치르기 때문에 약속을 지키는 것 아닌가? 만약 아무런 불이익이 없다면? 도덕과 정의와 법을 지키지 않아도 상관이 없다면? 네가 이곳에서 한 사람을 죽였다는 사실을 영원히 들키지 않는다면? 어떠한 처벌도 없는데 1000만 원을 포기하겠다는 말인가? 왜지?]

"아니, 처벌 때문이 아니라!"

그는 답답한 듯 소리 질렀다.

"단지 그게 옳기 때문에 지키는 거 아닙니까! 난 인간이니까! 돈 때문에 타인의 목숨을 해쳐선 안 된다는 그 당연한 사실을 아니까! 아, 됐고! 난 100만 원을 택하겠습니다! 더 말할 필요 없습니다!"

그가 씩씩대며 분을 삭이자, 잠시 뒤 목소리가 말했다.

[좋다. 너의 원초적 선택을 인정한다. 너는 100만 원을 선택했다. 두 번째로 말이다.]

"뭐? 두 번째?"

순간, 안개처럼 뿌옇던 주위 상태가 원래대로 돌아왔다. 그는 무아지경 램프를 문지르던 손을 멈추었다.

"아…!"

모든 게 기억났다. 그의 이름은 최무정, 전과 18범의 막장 인생이었다. 그는 비명 같은 고함을 지르며 다시 손에 든 램프를 문질렀다.

"아오. 이 멍청한 놈아! 1000만 원을 골랐어야지! 이제 기회가 한 번밖에 안 남았다고!"

또다시 그의 주변이 안개에 휩싸이고, 그는 모든 걸 잊은 듯한 표정으로 원초적 상태가 되었다.

서울 안에서 100억? 서울 밖에서 10억?

"김남우 씨. 당신의 인생에 아주 큰 행운을 제안합니다. 100억짜리 제안입니다."

믿을 수 없는 꿈이었지만, 김남우는 사기 치지 말라며 성을 낼 수가 없었다. 그도 그럴 것이, 영화에서나 보던 초호화 리무진 안에서 받은 제안이었기 때문이다. 그가 아르바이트하던 곳까지 찾아온 검은 양복의 사내들을 따라나섰더니, 이렇게 초호화 리무진과 노인, 믿을 수 없는 제안이 기다리고 있었다.

"100억이요? 돈 100억 원이요?"

"그렇습니다. 생각이 있다면 조건을 말해드리지요."

설령 이게 깜짝 카메라라고 해도 밑질 게 없었다. 김남우는 일단 고개를 끄덕였다.

"당연히 의향 있습니다. 조건이 뭔가요?"

"두 가지 중에 하나를 선택하면 됩니다."

노인은 양손의 검지를 세워 하나씩 강조하며 말했다.

"하나는 영원히 서울을 벗어나지 못하는 대신에 100억 받기. 다른 하나는 영원히 서울에 들어가지 못하는 대신에 10억 받기입니다."

"네?"

"선택이 끝나면 당신의 뇌에 특수 칩을 삽입할 겁니다. 100억원을 선택하면 당신이 서울의 경계를 넘어서는 순간 즉시 사망하게 됩니다."

"예?"

"한번 심은 칩은 어떠한 방법으로도 제거할 수 없습니다. 괜한 시도를 했다가는 목숨이 무사할 수 없을 겁니다. 다른 부작용은 없으니 걱정하지 마시고요."

"으음."

"10억을 선택했을 경우에도 마찬가지입니다. 이 경우는 반대로, 서울에 들어가지만 않으면 문제없죠. 자, 둘 중 어떤 것을 선택하겠습니까? 답변은 일주일 뒤에 받도록 하겠습니다."

흥미로운 듯 빙긋 웃은 노인이 눈짓하자 리무진 문이 열렸다.

"당연히 아시겠지만, 이 내용은 누구에게도 누설하면 안 됩니다. 그럼."

"아…. 예."

노인의 리무진에서 내린 김남우는 멍한 얼굴로 리무진이 떠나는 모습을 지켜보았다. 이게 도대체 무슨 일일까. 거물급 재벌의

변태적 취미? 일반인을 상대로 하는 방송 촬영?

"만약 진짜 100억이면…."

진위를 떠나 상상만 해도 김남우의 표정이 흥분으로 달아올랐다. 꿈을 안고 서울로 상경했건만, 현실은 시궁창이었다. 직장에서도 잘리고 겨우 아르바이트로 먹고사는데, 100억 원이 생긴다면? 그야말로 인생 역전이다.

"평생 서울을 못 벗어나는 것과 평생 서울에 못 들어가는 것이라…."

집으로 향하며 김남우는 진지하게 고민하기 시작했다. 맨 처음 끌리는 건 서울과 100억이었다. 시골 출신인 그는 늘 서울을 동경했다. 실제로 경험한 서울 생활은 만족스러웠다. 직장에서 잘렸는데 귀향하지 않고 아르바이트로 버티는 것도 그런 이유 때문이었다. 만약 지금 고향에 내려간다면 다시는 서울로 올라오지 못할 것만 같은 불안감마저 느꼈다.

또 그의 취미인 연극을 보기에도 서울이 가장 편했고, 그가 좋아하는 야구팀의 홈구장도 서울에 있었다. 유명한 맛집이나 볼거리를 비롯해 사실상 모든 인프라가 서울에 몰려있다. 역시 곧 죽어도 서울을 선택하는 게 옳을까? 하지만 서울을 못 벗어난다면…?

"아! 평생 바다를 볼 수 없구나."

게다가 고향에 가지도 못할 것이다. 만약 부모님을 뵈려면 서울로 모셔야 하는 것 아닌가. 부모님 성격상 고향에 뼈를 묻을 게 분명하니, 쉽지 않을 것이다. 또 서울 밖이라면 해외도 포함이니

앞으로 해외여행은 꿈도 못 꿀 테고. 단순히 생각해 보면 '서울'과 '서울 외 모든 곳'이라는 뜻이다.

"그래서 액수에 차이가 있었구나. 10억과 100억이라…."

김남우는 일주일간 여느 때보다 신중하게 고민했다. 장단점을 따져보고, 자신이 진짜로 원하는 게 무엇인지 꼼꼼하게 점검했다. 드디어 노인과 재회한 순간, 김남우는 자신의 결정을 밝혔다.

"저는 평생 서울에서 살겠습니다."

"오. 그렇게 결정하셨습니까? 자신 있으십니까? 평생 서울을 벗어나지 못하게 될 텐데요."

"물론, 자신 있습니다. 우리나라는 서울 공화국입니다. 서울에서만 지내더라도 평생 충분히 즐겁고 행복하게 살 수 있습니다. 그리고 10억 가지고는 인생이 바뀌지 않습니다. 100억 정도는 되어야죠."

노인은 흥미로운 표정으로 고개를 끄덕였고, 김남우를 어딘가로 데려갔다. 한참을 달리던 리무진이 멈추자 노인이 말했다.

"이제 당신의 뇌에 칩을 심을 겁니다. 전에 말했다시피 건강에는 아무런 문제가 없을 것이고, 수술도 금방 끝날 겁니다."

"네."

"수술이 끝나면 당신의 계좌에 정확히 100억 원이 입금될 겁니다. 양도세는 제가 부담하죠."

"아. 감사합니다!"

"대신, 그 순간부터 당신은 어떠한 일이 있어도 서울을 벗어나

선 안 됩니다. 지하철을 타고 가다가 무심코 서울의 경계를 넘는 순간, 실수였더라도 당신은 사망할 겁니다. 명심하셨습니까?"

김남우는 자못 진지하게 고개를 끄덕였다. 곧장 리무진에서 내린 김남우는 병원 지하를 통해 수술실로 향했는데, 노인의 말대로 마취에서 깨어보니 모든 수술이 끝나있었다. 정신을 차린 김남우가 가장 먼저 확인한 것은 자신의 계좌였는데, 보자마자 온몸에 전율이 흘렀다. 정말로 100억 원이 입금되어 있었다.

"으하하하!"

김남우는 날아갈 것 같은 심정으로 입원 기간을 보냈다. 이윽고 그가 퇴원하던 날, 노인이 나타나 마지막으로 당부했다.

"당신 덕분에 내기에 이겼습니다. 멋진 선택을 한 당신의 인생이 잘 풀리길 바랍니다."

"아, 정말 감사합니다!"

"명심하십시오. 서울을 벗어나지 않도록 조심하길 바랍니다. 난 당신의 칩을 1초도 꺼줄 생각이 없습니다."

"아, 네."

노인과 헤어진 김남우는 바로 5성급 호텔에 묵으며 호의호식을 즐겼다. 구름 위를 나는 듯했던 기분은, 늦은 밤 서울의 집값을 검색해 보며 급히 가라앉았다.

"아오 씨! 서울 집값은 100억 원이 있어도 이렇게 빡시냐?"

김남우는 냉정하게 자신을 진정시켰다. 100억 원은 큰돈이지만, 이제 평생 서울에서 살아야만 한다. 이 돈을 흥청망청 탕진하는 멍청한 삶은 사절이니 건실한 계획이 필요했다. 김남우는 먼저 집과 차에 큰돈을 지출했고, 상시 빼 쓸 수 있는 10억 원을 제외한 나머지는 안전한 장기투자 재테크로 돌렸다. 어설프게 사업을 벌여봤자 망하는 지름길이란 걸 그는 잘 알고 있었다. 심지어 김남우는 직장도 다닐 생각이었다. 연봉이 적더라도 몸이 편한 곳으로 말이다.

김남우는 착착 계획을 실행해 나갔고, 몇 달이 지났을 때 그는 몹시 여유로운 삶을 살고 있었다. 심지어 그는 여가에 연기를 배우며 연극배우가 되는 꿈까지 그렸다. 어떤 오라라고 해야 할까. 어디에서든 김남우는 남다른 분위기를 풍겼다. 일단 비굴하지 않았고, 주변 사람들에게도 잘 베풀었다. 무엇에도 쉬이 집착하지 않았기 때문에 어른스러워 보였다. 그것은 그의 매력으로 작용했고, 홍혜화라는 아름다운 여자친구도 생겼다. 다만, 그 연애에는 남모를 고충이 있었다.

"오빠. 우린 왜 만날 데이트하는 곳이 똑같아? 서울 근교로 나들이라도 가면 안 돼? 남들 다 가는 바다도 좀 가보고!"

이럴 때마다 김남우는 뭐라고 변명해야 할지 몰랐다. 부모님의 경우도 그랬다.

"아들 얼굴 까먹겠다! 왜 이렇게 안 내려오냐?"

솔직하게 밝힐 수 없으니, 매번 둘러대는 게 곤혹이었다. 100억 원으로 역전한 인생은 정말 마음에 들었지만, 서울을 벗어날 수 없다는 페널티를 떠올리면 우울해졌다. 그래서 김남우는 애써 의식하지 않으려 했다. 서울 바깥에 대한 갈증이 생길 때면 원래 갖지 못한 것이 더 좋아 보이는 법이라며 자신을 다독였다. 만약 컨트롤할 수 없는 기분이 들면, 머릿속 칩이 터지며 죽어버리는 자신의 모습을 상상했다. 사실, 그 공포는 컸다.

김남우는 실수로라도 서울을 벗어날까 봐 절대 대중교통을 이용하지 않았다. 무조건 도보나 자가용으로 이동했고, 그마저도 불안하여 서울 변두리로는 잘 다니지도 않았다. 그가 마음의 안정을 느끼며 살던 집도 서울 한가운데, 용산구였다. 그러니 안 그래도 좁은 서울이 더 좁고 갑갑하게 느껴졌다. 바로 그때, 그 전화를 받게 되었다.

"김남우 씨? 저는 최무정이라고 합니다. 저는 서울에 가지 않는 조건으로 10억을 선택한 사람입니다."

"뭐라고요?"

김남우는 깜짝 놀랐다. 나와 같은 제안을 받은 사람이 또 있었다니? 게다가 다른 선택을 했다니?

"우연히 당신의 연락처를 알게 되었습니다. 제가 이렇게 연락한 건 다름이 아니고, 그 선택이 만족스러운지 물어보고 싶어서 말입니다."

"만족이요?"

"저는 서울 밖에서 너무나 즐거운데, 김남우 씨도 그런가 해서요. 서울에 갇혀서 나가지 못하는 생활이 정말 괜찮으십니까?"

김남우는 억지 섞인 상대의 목소리에서 느꼈다. 이 사람은 지금 100억 원을 선택하지 않은 걸 후회하고 있을지도 모른다고 말이다. 김남우는 짐짓 목소리를 밝게 높였다.

"그럼요! 너무 행복합니다. 돈만 있으면 서울은 정말 최고의 도시 아닙니까? 아무렴, 100억 원인데요."

"그렇습니까…?"

"심지어 100억 원을 굴리기만 해도 매달 돈이 늘어나지 뭡니까? 돈이 돈을 번다는 말이 정말이더군요! 지금은 한 10억쯤 더 벌었으려나? 10억 원을 받으셨다죠? 사는 게 많이 나아지셨습니까?"

상대는 잠깐 말이 없다가 되물었다.

"그래도 갑갑하지 않으십니까? 죽을 때까지 서울에서만 살아야 하는데 말입니다."

"네? 갑갑함이요? 전혀요! 서울에 없는 게 없는데요. 오히려 서울에 못 갔다면 갑갑했을 것 같습니다."

전혀 없다는 건 거짓말이었지만, 김남우는 자기도 모르게 그렇게 말해버렸다.

"으음. 알겠습니다…."

상대방이 힘없이 전화를 끊자, 김남우는 묘하게 기분이 좋아졌다. 그는 바로 문자를 남겼다.

[이것도 인연인데, 친하게 지냅시다. 종종 연락도 하고요. SNS 하십니까?]

김남우는 최무정에게 서울의 즐거운 삶을 일부러 보여주었다. 직접 연락하기도 하고, SNS를 통해서 자랑하기도 하고 말이다. 세상 그 누구보다, 최무정이 자신을 부러워할 때 가장 기분이 좋았다.

최무정도 지지 않고 서울 밖의 즐거운 삶을 김남우에게 노출하는 듯했다. 최무정은 항상 바다나 공항, 여행지의 사진들로 김남우를 자극했다. 두 사람은 누가 더 후회 없는 선택을 했는지 경쟁했다. 그게 과열된 날은 대놓고 서로를 비꼬기도 했다.

"다람쥐 쳇바퀴 돌 듯이 평생 갇혀 살아야 하는 인생이 어떻게 행복하겠습니까?"

"고작 10억으로 집 사고 차 사고 나면 크게 남는 돈도 없는데, 정년까지 죽어라 일해야 하는 거 아닙니까? 행복하려나 그게?"

김남우는 압도적인 재력의 차이로 자신의 선택이 옳았음을 증명했다고 자신했다. 오히려 최무정과의 연락 덕분에 전보다 후회 없는 서울 생활을 이어갈 수 있었는데, 그를 흔들리게 한 두 가지 사건이 한 달 사이에 터져버렸다.

첫 번째 사건은 여자친구 홍혜화의 여행 통보였다.

"뭐? 남자랑 1박 2일 여행을 가겠다고?"

"남자가 아니라 친구들! 여섯 명이 단체로 가는 거야."

"아니, 그래도 남자가 셋이나 껴있는데…."

"아 그냥 친구라니까? 그러면 오빠도 같이 가! 오빠 가도 된다고 했어. 내 친구도 남자친구 데려온다니까."

"아무리 그래도 3대 3 여행은 좀 그렇지 않아?"

"걱정되면 오빠도 따라오라니까!"

"아니…. 그냥 안 가면 안 돼?"

"아 진짜! 같이 가주지도 않을 거면서 왜 그래 도대체?"

이런 이유로 여자친구와 크게 다투게 되면서 김남우는 처음으로 자신의 처지에 몹시 분노했다.

그런데 다음 사건은 고작 다툼 정도가 아니었다. 고향에서 어머니가 돌아가셨다는 소식이 들려왔다. 김남우는 까무러칠 정도로 밤새 울었지만, 장례에도 참석할 수 없었다. 그에게 전화를 건 아버지는 울면서 역정을 냈다.

"이놈의 새끼야! 제 어미가 죽었는데 코빼기도 안 보이고, 뭐 하는 새끼야 넌!"

"아버지…. 저도 가고 싶었다고요 정말…."

김남우는 돌아가신 어머니의 곁을 지키지 못한 게 너무나 고통스러웠다. 그렇다고 어떻게 자신 때문에 어머니의 장례를 서울에서 하잔 말을 하겠는가. 그가 할 수 있는 일은 서울에서 홀로 울며 술에 취하는 것뿐이었다. 김남우는 서울을 선택한 걸 처음으로 사무치게 후회했다. 그리고 최무정은 그 순간을 놓치지 않고 비아냥댔다.

"아이고 큰일을 겪으셨다고요. 고인의 명복을 빕니다."

"…."

"자식 된 도리를 못 하면 평생 한이 된다는데…. 참, 속상하시겠습니다. 그러게 서울 바깥을 선택하셨다면…."

안 그래도 좋지 않던 속이 부글부글 끓은 김남우가 전화를 냅다 끊자 곧바로 전화벨이 울렸다. 받지도 않고 끄려고 했는데 발신인을 보니 저장되지 않은 번호였다. 설마 이렇게까지 사람을 집요하게 괴롭히는 건가, 분노한 김남우가 통화를 연결했다.

“오랜만입니다. 김남우 씨. 저를 기억하십니까?”

“아? 아!”

최무정이 아니라 그 노인이었다. 김남우는 자기도 모르게 자세를 바로 고쳤다.

“아. 네, 안녕하십니까.”

“최근에 모친상을 당하셨다고요…. 삼가 고인의 명복을 빕니다.”

“예. 감사합니다.”

“그래요, 힘내시고. 제가 이렇게 연락을 드린 건 다름이 아니라, 최무정 씨 말입니다. 아십니까? 내가 듣기로 두 분이 연락하고 지낸다더군요? 맞습니까?”

“예. 맞습니다.”

노인은 혀를 차며 말했다.

“그 양반이 서울 생활과 100억 원을 선택했어야 한다고 후회하는 모양새더군요.”

“예? 후회한단 말입니까?”

“사실 그 양반 딸이 희소병을 앓고 있는데, 몇 달 전 서울의 병원에 입원했습니다. 치료할 수 있는 곳이 거기뿐이어서요. 근데 그 양반이 서울에 갈 수가 있나? 딸이 아픈데 곁에 있어주지 못하는 것이 괴로울 겁니다. 그렇다고 내가 칩을 꺼줄 수도 없고, 그건 규칙 위반이니까. 그 양반 속이 참 좋지 않은 모양입니다. 또 희소병이라 치료비도 어마어마할 텐데, 10억 원 가지고는 턱도 없었겠죠. 한 100억 원쯤 있었으면 몰라.”

최무정의 사정을 알게 된 김남우는 헛웃음이 나왔다. 결국 그 양반도 후회하고 있다는 것 아닌가. 그래서 그렇게 공격적으로 대한 것이었을까? 화풀이라도 하려고?

"내가 보니까 두 분 다 각각의 고충이 있는 것 같습니다. 그래서 말인데, 이런 제안을 해볼까 합니다."

"제안이요?"

"이번에도 두 가지 선택지를 드리죠. 관심이 있습니까?"

"있습니다."

김남우는 본능적으로 대답해 버렸고, 노인은 흡족한 듯한 목소리로 말했다.

"첫 번째는 새롭게 100억 원을 받고 한국을 벗어나지 못하는 겁니다. 해외 여행은 불가능하겠지만, 한국 안에서는 어디든 갈 수 있습니다."

"그게 정말입니까? 아니 그럼 당연히!"

"단! 저는 이 기회를 최무정 씨와 김남우 씨 두 분에게 동시에 드릴 겁니다. 그리고 그 보상은 둘 중 한 명이 죽어야만 지급될 겁니다."

"주, 죽어야만…?"

"두 번째는 그냥 아무 조건 없이 10억 원을 받는 겁니다. 누가 죽거나 할 필요 없이요. 어떻습니까? 두 제안 중 무엇을 선택하겠습니까?"

김남우는 선불리 대답하지 못했다.

"일주일의 시간을 드릴 테니 잘 생각해 보시지요. 그럼."

김남우는 전보다도 심각하게 고민했다. 100억 원과 이동의 자유를 얻는다면 그것보다 좋은 게 없다. 하지만 그건 최무정이 죽어야 가능하다. 노인의 그 말은 마치, 서로를 죽여서 최후의 승리자가 되라는 말처럼 느껴졌다. 그렇다고 그냥 10억 원을 선택한다? 그는 딱히 그 돈이 급하지 않았다. 무난하지만, 강렬하게 매혹적이지 않은 선택지다. 쉽사리 결정을 내리지 못하던 그때, 최무정에게서 전화가 왔다.

"방금 같은 질문을 받으신 것으로 압니다. 저는 10억 원을 선택했습니다."

"벌써 선택을 했단 말입니까?"

"예. 그 정도만 있어도 내가 가진 모든 고민이 다 해결될 테니까요."

"으음. 그게 정말입니까?"

"정말이 아닐 이유가 있습니까?"

"아닙니다."

그렇게 통화가 끝난 뒤, 김남우는 최무정의 말이 과연 사실일지 궁금했다. 사실일 수도 있겠지만, 자신을 기만하는 것일지도 모른다는 생각이 가시질 않았다. 김남우는 노인에게 묻기 위해서 전화를 걸었지만, 없는 번호라는 안내 음성만 들렸다. 노인에게서 일방적으로 연락이 올 때까지는 확인할 수 없었다.

일주일간 복잡한 심경으로 전화를 기다린 김남우에게 드디어 노인의 연락이 왔다. 김남우는 인사도 없이 곧장 물었다.

"최무정 씨가 어떤 선택을 했습니까?"

"그건 알려줄 수 없습니다."

"아."

왜 숨기는 걸까? 김남우는 심각해졌다. 만약 최무정이 100억 원을 선택했다면? 혹시 살인 청부라도 한다면? 나 혼자 10억을 선택하는 건 바보짓이 되는 게 아닌가? 대항해야 하지 않나? 갈등하던 찰나 노인이 대답을 독촉했다.

"어떻게 선택하시겠습니까? 조건이 붙은 100억 원입니까, 아니면 조건 없는 10억 원입니까?"

고민하고 고민하던 김남우는 어렵게 입을 열었다.

"저는…."

*

김남우는 불안해서 살 수가 없었다. 최무정이 어떤 방법으로든 자신을 죽이려 할 것 같다는 망상을 떨칠 수 없었다. 그가 정말 10억 원을 선택한 걸까? 100억 원을 선택하고 기회를 엿보는 게 아닐까? 이럴 거면 차라리, 내가 먼저 선수를….

"미쳐버리겠네 진짜!"

김남우는 현재 자신의 정신 상태가 온전하지 않음을 인정해야 했다. 어머니의 죽음과 최무정 일이 겹치면서 최악이 됐다. 그는 차라리 최무정에게 전화를 걸어서 묻고 싶었다. 정말 10억 원을 선택했느냐고, 그걸 증명할 수 있느냐고 말이다. 하지만 그 선택 이후 최무정과 연락이 되지 않았다. 번호는 바뀌었고, SNS도 사라졌다. 그게 김남우를 더 불안하게 했다. 왜 정체를 감춘 걸까? 왜 나를 피하는 걸까?

참지 못한 김남우는 흥신소에 의뢰했다.

"최무정이라는 양반에 대해서 조사해 주시길 바랍니다. 그의 소재가 파악됐으면 하고, 특히 그의 재산이 어느 정도인지 알려 주신다면 정말 좋겠습니다. 대강이라도 좋습니다. 의뢰비는 두 배로 줄 테니까 꼭 부탁드립니다."

흥신소의 조사 결과가 나올 때까지 김남우는 초조하게 기다렸다. 이윽고 며칠 뒤, 흥신소를 통해 전해진 소식은 그를 경악하게 했다.

"최무정이 서울에 있단 말입니까? 아니, 그럴 리가 없는데?"

믿기지 않았지만, 흥신소 남자가 전해준 사진 속 인물은 분명 서울의 병원에서 딸과 함께 찍힌 최무정이었다. 하지만 그는 서울에 들어오지 못할 텐데? 벌써 머리의 칩이 터져서 죽었어야 할 텐데? 끝까지 믿을 수 없던 김남우는 직접 병원에 찾아갔다. 놀랍게도, 그곳에는 정말 최무정이 있었다. 딸의 병실에서 나오던 최무정은 김남우를 보며 화들짝 놀랐다.

"김남우 씨…!"

"아니, 어떻게?"

"으음."

최무정은 잠시 고민하는 듯하다가 조용한 곳으로 김남우를 데려갔다. 당황한 기색이 역력하던 최무정의 표정이 갑자기 반전했다. 그는 날카로운 눈빛을 하고 김남우에게 말했다.

"솔직히 말하면, 저 혼자만 알고 싶었습니다. 굳이 당신에게 알려줄 의무가 없으니까 말입니다. 그쪽한테 도움이 되고 싶지도 않았고."

"무슨 말입니까?"

"근데 생각해 보니 좀 더 합리적으로 행동하는 게 좋겠군요. 난 이 머릿속 칩을 무용지물로 만드는 방법을 알아냈습니다."

"예?"

손가락으로 머리를 두드리는 최무정의 모습에 김남우의 두 눈이 휘둥그레졌다.

"그게 정말입니까?"

"그러니까 제가 여기 있지 않습니까? 그 방법을 당신께 알려드릴 수도 있습니다. 다만, 공짜로 알려드리진 않을 겁니다. 50억 원입니다. 50억 원에 알려드리죠."

"뭐? 50억?"

"어차피 당신은 재산이 100억 원이 넘는 자산가가 아닙니까? 그중에 고작 50억 원으로 자유를 얻는다면 남는 장사 아닙니까? 자, 선택하시죠. 50억 원에 방법을 배우시겠습니까, 그대로 사시겠습니까?"

최무정의 제안에 김남우는 흔들렸다. 최무정은 자리에서 일어나며 다그쳤다.

"저는 일주일이나 시간을 줄 생각이 없습니다. 제가 내일까지 서울에 있을 생각이니, 내일까지 대답해 주시죠."

"아니, 잠깐만…!"

김남우의 떨리는 시선이 칼같이 돌아서는 최무정의 뒷모습을 하염없이 좇았다.

집으로 돌아온 김남우는 심각하게 고민했다. 정말 머릿속 칩을 무용지물로 만드는 게 가능할까? 가능하니까 최무정이 내 눈앞에 서있었겠지. 근데 그래도 되나? 그 노인이 그냥 놔둘 것인가? 만약 가능하다면 그는 50억 원을 쓸 생각이 있었다. 솔직히 말해서 지금 50억이 사라져도 그는 여전히 여유로운 삶을 살 수 있었다. 돈보다는 서울을 벗어날 수 있는 게 훨씬 더 가치 있었다. 여자친구와 여행도 다니고, 고향에 가서 아버지께도 용서를 구하고.

"그래…!"

*

병원으로 찾아간 김남우는 최무정에게 말했다.

"받아들이겠습니다. 50억을 드리죠. 그러니 머릿속 칩을 없애 주십시오."

"없애는 게 아니라 무용지물로 만드는 겁니다."

"알겠으니까, 어떻게 하면 됩니까?"

"계좌로 돈이 입금되면 바로 알려드리겠습니다."

"아니, 현금으로 합시다. 나도 안전장치는 있어야 하니까."

김남우는 어떤 장소에 숨겨둔 현금 다발 사진을 보여주며 말했다.

"그 방법이 무사히 증명되면 이 장소를 알려드리겠습니다."

"으음. 알겠습니다. 약속은 꼭 지키길 바랍니다. 머릿속 칩을 무용지물로 만드는 방법은…."

목소리를 낮게 깐 최무정은 가방에서 손바닥만 한 둥근 무언가를 꺼냈다.

"이것입니다."

"이게 뭡니까?"

"자석입니다. 아주 강력한 자석."

"허?"

"머리 전체를 강력한 자석으로 감싼 채로 서울 경계를 통과하면, 장치가 작동하지 않습니다."

"그런 짓을 했다가 노인이 원격으로 칩을 터트려 버리면…."

"노인이 눈치채지 못합니다. 여기 버젓이 있는 제가 그 증거 아닙니까?"

"정말 그런 간단한 방법이란 말입니까?"

김남우는 다소 허무하다는 표정으로 물었고, 최무정은 고개를 끄덕였다. 김남우는 재차 물었다.

"그걸 어떻게 믿습니까?"

"아마 당신은 서울 경계에 접근해 본 적이 없을 겁니다. 혹시나 머리가 터질까 두려워서. 아닙니까?"

"그렇다면요."

"그래서 몰랐겠지만, 경계에 서면 머릿속에서 '삐' 하는 경고음이 들립니다. 하지만 이 자석으로 감싸고 지나갈 땐 그 경고음이 들리지 않았습니다. 그게 바로 증거입니다."

최무정은 가방에서 강력한 자석 여러 개를 꺼내 김남우에게 건넸다.

"이제 50억 원이 있는 곳을 알려주시지요."

"음. 확인해 보기 전에는 안 됩니다."

"그럼 확인을 해보시지요."

"그건…."

김남우는 한숨을 내쉬었다.

"일단 마음의 준비를 좀 해야겠습니다."

"허? 설마 내뺄 생각인 것은 아니겠지요?"

"아니요. 오늘 안에 확인할 겁니다. 서울을 벗어나 볼 예정이니 저와 함께 가시죠. 사례는 서울의 경계를 넘어가 보고, 그때 드리겠습니다."

"좋습니다."

김남우는 최무정을 아차산 쪽으로 데려갔다. 서울과 구리의 경계 지점이었다. 인적 없는 산턱에서 김남우는 미리 약속했던 누군가를 불러냈다. 우락부락한 체격의 과묵한 남성이었다. 최무정이 그를 보며 움찔 놀라자, 김남우가 소개했다.

"업자분이십니다. 저도 안전장치는 있어야 하지 않겠습니까? 만약 당신이 알려준 방법으로 서울을 빠져나가다 제가 죽게 되면, 그 즉시 이분이 당신을 죽일 겁니다."

"뭐라고요? 아니 무슨 그런!"

"제가 죽지 않으면 아무 일도 없습니다. 무슨 문제 있습니까?"

"알겠습니다. 뭐, 이해합니다. 어차피 그럴 일은 없으니까."

"좋습니다. 그럼 시작하겠습니다."

김남우는 긴 숨을 내쉬며 머리에 자석을 붙였다. 그는 서울의 경계선을 향해 천천히 걸음을 옮기며 몇 번이나 최무정을 돌아보았다. 이렇게 하면 되느냐고 묻는 듯한 그의 표정에, 최무정은 고개를 끄덕였다. 김남우는 속도를 조금씩 올렸다. 한데, 어느 지점을 지나던 김남우의 몸이 일순간 멈춰버렸다.

"컥!"

외마디 비명을 내지른 김남우의 몸이 갑자기 부들부들 떨리기 시작했다. 그 상태로 뒤를 돌아보려던 그는 몸이 마음대로 안 되는 듯, 앞으로 고꾸라졌다.

"도, 도와…!"

"김남우 씨!"

우락부락한 남자가 깜짝 놀라 급히 김남우에게로 뛰어갔다. 그는 얼른 김남우를 부축했지만, 김남우의 몸은 점점 떨림이 잦아들고 있었다.

"저, 정말 죽었어…!"

경악한 남자가 황급히 뒤를 돌아본 순간, 저 멀리 전력으로 뛰고 있는 최무정의 뒷모습이 보였다.

"이런 씨!"

남자가 황급히 그 뒤를 쫓았지만, 잡지 못했다. 최무정은 이미 사라져 버렸다. 남자는 멍하니 서서 허공을 바라만 보았다.

*

불이 꺼진 어두운 여관방에서 최무정은 초조한 얼굴로 핸드폰 화면을 들여다보았다. 방금 막 업데이트된 김남우의 SNS였는데, 그곳에는 흑백의 국화 사진과 장례식장 주소가 적혀있었다. 그 순간, 핸드폰 화면 위로 알림이 떴다. 그의 계좌에 100억 원이 입금되었단 알림이었다.

"으아아아! "

환호의 비명을 내지른 최무정은 온몸에 전율이 흘렀다. 성공이었다. 그는 김남우에게 10억 원을 선택했다고 말했지만, 사실은 100억 원을 택했다. 둘 중 한 명이 죽어야만 생기는 100억 원과 서울 진입권을 말이다.

벌떡 일어난 최무정은 당장 짐을 싸서 방을 뛰쳐나갔다. 차에 시동을 건 그의 목적지는 딱 하나, 딸이 입원한 병원이었다. 오직 이 순간을 위해 이 모든 것을 계획했다. 차는 그의 심장박동처럼 빠르게 도로를 내달렸다. 규정 속도를 위반했지만, 상관없었다. 그깟 범칙금 좀 내면 어떤가? 그는 정말 날아갈 것 같은 심정으로 차를 몰았다. 이윽고 저 멀리, 경기도와 서울의 경계를 바라보며 그는 웃었다.

"드디어 넘는구나!"

최무정은 더욱 속도를 올렸다. 기쁘게 달리던 차가 경계를 넘는 순간, 그의 몸이 움찔했다. 게다가 눈까지 하얗게 까뒤집히기 시작했다. 최무정의 뇌에 있던 칩이 발동한 것이었다.

'끼이이이익!'

차가 가드레일에 처박히고, 운전석의 최무정은 믿기지 않는다는 듯 눈도 감지 못하고 숨을 거뒀다. 그가 자신이 죽은 이유를 꿈에도 모를 그 시각, 서울 어딘가에 숨어있던 김남우의 핸드폰이 울렸다. 그의 계좌로 100억 원이 입금되었단 알림이었다.

"아!"

표정이 환해지는 김남우의 옆에서 우락부락한 남자가 말했다.

"그가 죽었군요? 축하드립니다!"

"감사합니다."

남자는 김남우가 고용한 흥신소 직원이었다. 김남우가 서울의 병원에서 최무정을 만나고 온 다음 날, 남자는 김남우에게 놀라운 소식을 전해주었다.

"사장님! 조사해 보니까, 최무정 이 양반 쌍둥이 형제가 있는데요?"

"뭐라고요?"

그 순간, 김남우는 최무정의 모든 계획을 눈치챘다. 그가 100억 원을 선택했다는 사실도 말이다. 그래서 김남우도 남자와 계획을 짰다. 최무정의 쌍둥이 동생이 보는 앞에서 그는 서울의 경계를 넘어서는 척했고, 사망을 가장했다. 그러고는 자신이 이겼다고 생각한 최무정이 서울의 경계를 넘을 때까지 계속 숨어있기로 한 것이었다.

"근데 사장님, 그 양반이 믿을까요?"

"믿을 수밖에 없게 해야죠."

김남우는 모든 재산을 현금화해서 최무정의 계좌로 입금했다. 딱 100억을 말이다. 아까웠지만, 괜찮았다. 어차피 노인에게서 새로운 100억 원을 얻게 되었으니까. 그가 선택했던 두 번째 100억 원을 말이다.

남편의 세 가지 비밀

"어휴."

겨우 아기를 재운 홍혜화는 거실 바닥에 대자로 누웠다. 멍하니 천장을 바라보던 그녀는 어젯밤 남편의 말이 떠올라 못마땅했다. 기분 좋게 돌잔치를 끝내고 잔뜩 취한 남편이 말했다.

"사실 내가 당신을 속이고 있는 게 세 가지 있는데, 흐흐. 당신이 만약 그걸 알게 되면 무조건 이혼일걸? 흐흐흐."

남편이 그대로 뻗어버리는 바람에 제대로 물어보지도 못했다. 세 가지 비밀이란 게 뭘까? 뭔데 이혼을 당할 거라고 할까? 그녀는 누구보다 남편을 잘 안다고 생각했다. 거짓말도 못 하는 성실하고 착한 사람인데, 비밀이 세 가지나 있다니? 홍혜화는 기분이 좋지 않았다. 오늘 저녁 남편이 퇴근하면 끝까지 추궁하리라 다짐했다.

*

“뭐? 세 가지 비밀? 그런 거 없어.”

대충 얼버무리는 남편의 태도는 홍혜화를 더욱 찜찜하게 만들었다.

“분명히 자기 입으로 그랬잖아! 뭔데? 어? 뭔데 그래!”

홍혜화가 집요하게 파고들자, 남편은 더 잡아뗄 수가 없었다. 대신 진지한 얼굴로 타일렀다.

“말할 수 없어. 만약 당신이 알게 되면 우리는 무조건 이혼하게 될 거야.”

“뭐야?”

화가 난 홍혜화가 계속 쏘아붙였지만, 남편은 끝내 입을 열지 않았다. 몇 날을 끙끙 앓던 홍혜화는 최후의 수단을 썼다.

“절대 화 안 낼 테니까 말해봐.”

“거참. 그렇게 궁금해?”

“궁금해서 미치겠어! 절대 화 안 낼게. 한 번 들은 이후로는 아예 이야기조차 꺼내지 않을게. 좀 알려줘! 부부끼리 속이는 게 어디 있어!”

남편은 굳은 얼굴로 잠시 고민하더니 고개를 끄덕였다.

“그럼 하나만 고백할게. 나머지는 안 돼.”

“하나? 아, 알았으니까 말해봐.”

남편은 입술을 달싹이다가 고백했다.

“사실, 나 예전에 결혼식장까지 잡아놓고 파혼한 적 있어.”

"뭐?"

홍혜화의 눈동자가 살짝 흔들렸다. 그러나 곧, 아무렇지도 않은 척 말했다.

"뭐야? 그게 다야? 별것도 아닌데 무슨 이혼을 하니 마니."

"그렇게 생각해 주면 다행이고."

남편은 안심하는 듯이 웃었다.

"별거 아니었네. 나머지 두 개는 뭔데?"

"그건 절대 안 돼! 난 이혼하기 싫거든!"

"뭐어?"

남편은 도망가듯 얼른 자리를 피했다. 홍혜화는 인상만 찌푸릴 뿐 쫓아가지 않았다. 그녀는 머릿속이 복잡해졌다. 결혼식장까지 잡아놓고? 그런 여자가 있었단 말이지? 걍가 부모님까지 다 봤겠네? 나를 만나기 전이면 언제였을까? 뭐 때문에 파혼을 한 거지? 근데 왜 그걸 여태 한마디도 안 해준 거야? 시댁 식구들도 한패네? 홍혜화는 생각하면 할수록 신경이 쓰였다. 솔직히 말하자면 기분이 좋지는 않았다.

그날 저녁 식사 때는 자신도 모르게 그를 퉁명스럽게 대했다.

"오빠! 파김치 좀 한 번에 집어!"

"어? 어어."

그녀의 얼굴은 내내 굳어있었다. 가만히 눈치를 살피던 남편이 물었다.

"당신 혹시 화났어?"

"뭐가?"

"화났네."

"뭐가 화나?"

"미안해. 그러게 내가 모르는 게 나을 거라고 했잖아."

그 말에 울컥한 그녀는 참지 못하고 언성을 높였다.

"그걸 지금 말이라고 해? 그게 뭐라고 왜 여태 숨겼어? 그냥 결혼 전에 말해주면 되는 거 아니야? 내가 그렇다고 뭐, 흠잡고 결혼 안 한다느니 뭐 그랬을 것 같아?"

"아니, 아니. 정말 미안해. 내가 용기가 없어서 말을 못 했어. 미안해."

진심으로 사과하는 남편의 모습을 보자 그녀는 조금 진정할 수 있었다.

"아니야. 오빠 마음이 어땠을지 알겠어. 이해해. 과거가 중요한 거 아니잖아."

그녀는 자기 입으로 내뱉은 약속이 떠올라 화를 죽였다. 될 수 있다면, 이 이야기를 다시 꺼내지 않는 게 좋겠다는 생각도 들었다. 하지만, 궁금했다.

"나머지 비밀 두 개는 뭔데?"

남편은 심각한 얼굴로 고개를 저었다.

"그건 절대 말해줄 수 없어. 당신이 그걸 알게 되면 이혼이야. 절대, 절대로 안 돼."

"…."

홍혜화는 머리가 복잡했다. 다음 날, 그다음 날, 시간이 지날수록 홍혜화는 남편의 비밀을 떨쳐버릴 수 없었다. 생각하면 할수록 불편했다. 부부 사이에 비밀이 어디 있지? 왜 그걸 숨기지? 뭐길래? 믿음이 있다면 숨길 필요도 없는 것 아닌가? 믿음이 없는 부부관계가 지속될 수 있나? 생각은 점점 불어나, 비밀을 듣지 않고는 못 배길 지경이 되었다.

그녀는 퇴근한 남편을 붙잡아 앉혔다.

"아무리 생각해도 오빠가 나한테 비밀을 가지는 이해할 수 없어."

"미안해. 절대 말해줄 수 없어."

"아 뭔데 그래! 설마, 바람이라도 피운 거야?"

"아니야."

"도박이야? 빚이야? 혹시 전과라도 있어?"

"아니."

"아 뭔데 그래 진짜!"

홍혜화는 답답해서 가슴이 터질 것 같았다. 남편은 굳은 얼굴로 말했다.

"나는 후회하기 싫어. 당신을 잃고 싶지 않아서 그래."

"그러니까 더 궁금, 아니 더 짜증 나잖아!"

일순간 폭발한 홍혜화는 마음을 진정시키며 남편의 두 손을 맞잡고 진지하게 말했다.

"어떤 경우에도 우리 사이가 변할 일은 없을 거야. 우리 아기를 걸고 맹세할게. 그러니까 말해줘 좀 제발."

"…."

한참을 고민하던 남편은 어렵게, 정말 어렵게 입을 열었다.

"당신이 키우던 강아지 봄이 말이야…."

"봄이?"

홍혜화의 눈빛이 흔들렸다. 지금 상황에 난데없이 죽은 그 강아지의 이름이 왜 나온단 말인가?

"내 실수였어."

"뭐?"

"봄이를 쳤던 차가… 내 차야."

"아!"

두 눈을 부릅뜬 홍혜화가 그대로 굳어버렸다. 남편은 붉어진 눈시울로 말했다.

"정말 미안해. 당신에게 말할 수 없었어. 내가 그랬다고, 내 실수였다고 말할 수가 없었어. 정말 미안해."

"…."

대답 없는 홍혜화의 몸이 가늘게 떨렸다. 10년을 함께한 봄이였다. 가족이나 다름없는 봄이를 잃어버렸을 때, 그리고 동네에서 사체로 발견되었을 때, 얼마나 울었던가. 그게 남편의 실수였다고? 그러면서 그때 나를 그렇게 위로했다고? 소름이 돋을 지경이었다.

"내가 죽인 개가 봄이라는 걸 알았을 때, 하늘이 무너지는 줄 알았어. 당신 얼굴이 떠오르고, 장모님, 장인어른, 처남까지…. 하아. 결혼을 앞두고 도저히 말할 용기가 없었어. 내가 정말 나쁜 놈이야. 정말 미안해. 정말 정말 미안해."

"…."

붉어진 눈에 눈물이 고인 홍혜화는 어떤 말도 꺼낼 수 없었다. 그러기로 약속을 해서가 아니었다. 화를 참을 수가 없어서였다. 말없이 일어난 그녀는 방으로 들어가 방문을 닫아버렸다. 남편은 뒤쫓지 못했다. 홍혜화는 치가 떨렸다. 남편에게 이렇게까지 화가 난 적이 없었다. 더 끔찍한 건, 남편의 비밀이 하나 더 남았다는 것이었다. 봄이를 죽인 걸 숨긴 것보다 더 심한 게 있다고? 그런 게 정말 있다고? 무서울 지경이었다. 남편의 말이 옳았다. 정말 남편의 말대로 그녀는 당장 이혼하자고 요구하고 싶었다. 그녀는 화가 치밀다 못해, 오히려 싸늘하게 가라앉았다.

밤새도록 고민한 그녀는 다음 날, 남편을 붙잡고 정색하며 물었다.

"오빠가 마지막으로 날 속이고 있는 게 뭐야."

"…."

남편은 굳은 얼굴로 입을 다물었지만, 침묵은 그녀에게 통하지 않았다.

"빨리 말해. 뭔데."

"말 못 해."

"말하라고!"

홍혜화의 언성이 높아졌고, 남편은 고개만 숙인 채 묵묵부답이었다. 이를 악문 홍혜화는 차갑게 말했다.

"나는 믿을 수 없는 남편이랑 살 자신 없어. 내가 알게 되면 이혼당할까 봐 무섭다고? 당신이 말해주지 않아도 이혼할 거야. 빨리 말해."

남편은 간절한 얼굴로 고개를 흔들었다.

"제발…. 응? 우리가 지금처럼 사랑하면 되는 거잖아? 난 후회하고 싶지 않아. 당신을 잃고 싶지 않아."

"…."

남편의 간절한 마음은 홍혜화에게 전해지지 않았다. 그녀는 단호하게 말했다.

"오빠. 부부 사이에 가장 중요한 건 신뢰야. 신뢰가 깨지면 그 관계는 지속할 수 없어. 서로 숨기는 것이 없어야 한다고!"

"정말 그렇게 생각해?"

"그래!"

남편은 말없이 홍혜화를 바라보았다. 그녀는 강경한 태도로 물었다.

"말해. 마지막 비밀이 뭔데?"

남편은 괴로운 얼굴로 홍혜화를 한참 동안 바라보았다. 이윽고 천천히 눈을 감았다 뜬 그는, 아내가 원하는 대로 해주었다.

"나 불임이야."

"…."

홍혜화의 시선이 갈 곳을 잃고 흔들렸다. 남편은 말했다.

"이혼하자."

미워하는 마음

"0부터 10까지의 불운과 행운이 있다고 생각하시면 됩니다. 두 수치는 정확히 반비례합니다. 선택은 고객님의 몫이죠."

편의점 2층에 위치한 이름 없는 한 가게. 주인장 사내는 전단을 들고 찾아온 홍혜화에게 뭔가를 설명하고 있다.

"고객님이 가장 싫어하는 사람의 불운과 자신의 행운 중에 잘 저울질해서 카드를 고르시면 됩니다. 가령…."

사내는 손에 들고 있던 카드 한 장을 내려놓았다. 카드에는 기괴하게 생긴 악마가 핏물로 쓰인 숫자 10을 들고 있었다.

"이 카드는 고객님이 가장 싫어하는 사람에게 10의 불운을 내립니다. 대신."

남자가 그 카드를 반대로 뒤집자, 거룩하게 생긴 천사가 숫자 0을 들고 있었다.

"고객님께 갈 행운은 0입니다. 다른 카드를 보여드리자면."

남자는 책상 위에 또 다른 카드를 내려놓았다. 천사가 숫자 7을 들고 있는 카드다. 그 카드를 뒤집자, 악마가 숫자 3을 들고 있었다.

"이 카드를 선택하시면 고객님은 7만큼의 행운을 얻습니다. 대신, 상대에게는 3만큼의 불운만 줄 수 있죠. 이제 룰이 이해되십니까?"

남자는 책상 위에 총 열한 장의 카드를 내려놓았다. 천사와 악마의 숫자가 반비례하여 적혀있는 카드들이다.

내내 듣고 있던 홍혜화가 심각하게 물었다.

"불운이란 게 목숨을 잃을 수도 있나요?"

"희박한 확률이지만, 그럴 수도 있긴 합니다."

"그래요?"

홍혜화의 눈빛이 무섭게 불타올랐다. 그녀는 한 여자를 떠올렸다. 임여우. 그녀가 세상에서 가장 증오하는 여자 임여우 말이다. 얼마 전까지만 해도 홍혜화는 걸그룹 연습생이었다. 수많은 연습생 중 데뷔조에 낄 수 있는 정원은 정해져 있다. 당연히 서로 알게 모르게 경쟁할 수밖에 없었는데, 홍혜화에게는 임여우가 가장 최악의 라이벌이었다. 두 사람의 경쟁은 점점 선을 넘기 시작했고, 어느 순간부터는 서로를 증오하게 되었다. 헛소문을 퍼트리고, 이간질하고, 뭘 하든 망치려 들고, 방해하고. 결정적으로 얼마 전, 걸그룹 데뷔를 앞두고 두 사람은 끝장을 보고 말았다. 서로 이성 문제에 관해 폭로전을 벌이다가 두 사람 모두 기획사에서 퇴출당한 것이다. 서로의 인생을 파멸시킨 것이나 다름없었다.

홍혜화는 카드를 보며 생각했다. 포인트는 간단하다. 내 행운을 포기한 만큼 적을 불운하게 만들 수 있다.

"악마10을 고르면 10만큼의 불운이 간다 이거죠?"

홍혜화는 악마10을 집어 들었다.

"하지만 고객님께 갈 행운은 0입니다. 그래도 괜찮습니까?"

"그건…."

홍혜화는 고민했다. 솔직히 기획사에서 쫓겨난 지금, 그녀는 막막했다. 그 어느 때보다 인생에 행운이 필요했다. 고민하던 홍혜화는 카드를 내려놓고 악마7 천사3 카드를 집어 들었다.

"이 정도면…."

"그걸로 하시겠습니까?"

"7이면 어느 정도 불운이죠?"

"그건 구체적으로 말씀드릴 수 없군요."

미간을 찌푸린 홍혜화는 카드를 내려놓고 악마8을 집었다. 아무래도 분노가 좀 더 컸다. 그때, 사내가 선수를 쳤다.

"그 전에, 아직 가장 중요한 걸 말씀드리지 않았습니다."

"네? 뭐죠?"

사내의 입꼬리가 길게 늘어졌다.

"고객님이 이 카드 중 한 장을 골라서 사용하면, 나머지 열 장은 고객님이 가장 싫어하는 그 사람에게로 갑니다."

"네?"

"상대방도 고객님처럼 카드를 한 장 선택할 수 있게 된다는 말이죠."

"뭐라고요?"

"카드의 이동은 카드가 다 사라지거나 누군가 더는 카드를 고르지 않을 때까지 계속됩니다."

홍혜화의 표정이 일그러졌다.

"그게 뭐예요! 그럼 나도 당하잖아요!"

"기회는 항상 리스크와 함께 오죠. 어차피 선택은 고객님의 몫입니다. 리스크가 싫다면 여기서 카드를 고르지 않고 돌아가시면 됩니다."

사내는 아무렇지 않은 듯 웃으며 말했지만, 홍혜화는 쉽게 결정할 수 없었다. 카드를 고르지 않는다고? 그건 있을 수 없는 일이다. 임여우의 불운이든 자신의 행운이든, 둘 다 그녀에게 필요하다. 다만, 문제가 하나 있다. 책상 위 열한 장의 카드를 보며 홍혜화는 고민에 빠졌다.

"제가 이 중에 하나를 고르면, 내가 뭘 골랐는지 걔가 안다는 거 아니에요?"

"아무래도 하나만 빠져있으니, 추리가 가능하겠죠."

"으…."

홍혜화는 머리가 복잡해졌다. 만약 불운10을 준다면, 불운9가 돌아오겠지? 7, 8, 9 정도의 불운을 골랐다간 불운10이 돌아올지도 모른다. 그렇다고 불운이 적은 카드를 골랐는데, 돌아오는 불운이 10이라면? 나를 증오하는 녀석의 마음이 예상보다 크다면? 나만 억울하게 되는 거 아닌가?

"불운으로 죽을 수도 있다고 했죠 아까?"

"네, 어쩌다 가능은 합니다."

"으으…."

홍혜화는 끙끙 앓다시피 카드를 만지작거렸다. 합리적으로 생각해야 하나, 감정적으로 생각해야 하나, 어째야 하나? 한참 고민하던 그녀는 최종적으로 한 장의 카드를 골랐다. 그녀가 선택할 수 있는 마지노선이다.

"악마5 천사5. 이 카드로 하겠어요."

사내는 씩 웃었다.

"적절한 판단입니다. 확인하겠습니다. 확정입니까?"

"네."

"알겠습니다."

사내가 손가락을 탁 튕겼다. 그 순간, 홍혜화의 손에 들린 카드가 빛 가루가 되어 사라졌다.

"거래는 끝났습니다. 감사합니다, 고객님."

홍혜화의 눈이 커졌다. 이런 신비한 모습을 보니까 실감이 났다. 그녀의 눈이 책상 위에 놓인 카드로 향했다.

"그럼 이건…."

"고객님을 가장 싫어하는 그분께 가겠죠."

홍혜화는 제발 임여우가 멍청하지 않기를 바랐다. 우발적으로 악마10 카드를 고르는 그런 인간이 아니기를.

*

행운5가 어느 정도인지는 바로 알 수 있었다. 홍혜화는 대형 기획사의 연습생으로 들어가게 되었다. 꿈만 같은 일이었다. 무척 기뻤지만, 한편으로는 불안했다. 5라는 수치가 이 정도나 되는 행운이라면, 불운5도 꽤 강하지 않겠는가? 그런 불운을 당한 임여우가 가만히 있을까? 과연 이성적으로 생각할까? 홍혜화는 후회했다. 이럴 줄 알았으면 악마10을 골랐어야 했는데! 퇴출당하고 불안정한 시기였기에 현명한 판단을 하지 못했다. 5라는 애매한 숫자를 왜 골랐을까? 차라리 악마10으로 임여우가 죽기라도 했다면, 보복은 없었을 것 아닌가? 홍혜화가 생각하기에 임여우 그 악독한 인간은 분명 악마10을 고를 것 같았다. 그 악마10으로 혹시 내가 죽기라도 한다면 복수조차 할 수 없다는 사실이 그녀를 초조하게 만들었다. 제발 악마9로 갚아줄 기회라도 있었으면….

걱정하는 가운데 사내가 그녀를 찾아왔다.

"카드를 선택하시죠."

"아."

사내가 테이블에 깐 카드의 개수는 아홉 장이었다. 홍혜화는 임여우가 어떤 카드를 골랐는지, 급히 남아있는 카드를 확인했다. 빠진 카드를 확인한 홍혜화는 몹시 당황했다. 그녀는 상상도 못 했다. 설마, 임여우가 천사10 악마0 카드를 골랐을 줄이야.

"말도 안 돼! 진짜, 진짜 그 카드 고른 거예요? 임여우 걔가?"

"네 그렇습니다."

"아…!"

충격받은 홍혜화는 멍하니 생각에 잠겼다. 그녀는 임여우의 판단을 깨닫는 순간, 자괴감이 들었다. 임여우는 내가 불운하기를 바라기보다 그저 자신의 인생에 집중했구나. 온갖 고민을 하며 5라는 수치를 정한 자신이 우습게 느껴졌다. 홍혜화가 허탈하게 카드를 바라볼 때, 그녀의 핸드폰에 메신저 알람이 울렸다.

[혜화야! 소식 들었어? 여우가 다시 복귀해서 데뷔하기로 했대! 웬일이니, 너만 나가리 신세잖아!]

홍혜화의 표정이 딱딱하게 굳었다. 증오에 매몰되어 있던 자신과 임여우는 그릇이 다른 사람인 건가, 이게 그 결과인가.

"카드를 하나 선택하시죠?"

사내의 말에 정신을 차린 홍혜화는 이를 악물었다. 아직 선택의 기회가 있다. 홍혜화의 손이 천사9 악마1 카드로 향했다. 동시에 다른 손으로 악마10 천사0 카드도 집어 들었다. 그녀는 두 카드를 노려보며 고민했다. 악마10 카드를 쓴다면 임여우의 걸그룹 데뷔를 막을 수 있지 않을까. 임여우의 몰락을 선택할 것인가. 아니면 천사9를 써서 나 역시 내 인생에 집중할 것인가. 고민이 길어지던 그때, 전화가 울렸다. 그 이름을 확인한 홍혜화가 움찔했다. 임여우다. 그녀가 굳은 얼굴로 통화를 연결한 순간, 임여우는 단도직입적으로 말했다.

[긴말하지 않을게. 카드가 오면 행운9를 골라.]

"…내가 왜 그래야 하지?"

[그래야 네 꿈이 이뤄질 테니까.]

"…."

[다시 내게로 카드가 온다면 난 더 이상 고르지 않을 거야. 이 짓을 끝내겠단 말이야. 불운1은 내가 받아들일 테니까, 너도 행운9를 골라서 꿈을 이뤄.]

"너…."

[그렇게 알고 끊을게. 그리고….]

잠깐의 침묵 뒤, 아주 작은 목소리와 함께 통화가 끊어졌다.

[미안했어.]

한참 동안 말없이 멈춰있던 홍혜화는 사내를 보며 말했다.

"이 카드로 하겠어요."

홍혜화는 천사9 악마1 카드를 내밀었다.

"천사9 악마1 카드. 확실하십니까?"

"네. 확실해요."

사내는 손가락을 '딱!' 하고 튕겼고, 홍혜화 손에 있던 카드가 빛 가루로 사라졌다.

*

행운9도 행운10만큼 괜찮았다. 홍혜화도 새롭게 들어간 기획사에서 데뷔가 가시화되었다. 마음에 여유를 찾은 홍혜화는 임여우를 생각했다. 그녀가 받은 1의 불운은 뭐였을까? 감수하겠다고 했는데, 괜찮을까? 홍혜화는 임여우가 다시 카드를 고를 거라곤 걱정하지 않았다. 왠지, 임여우는 정말로 약속을 지킬 것 같았다. 이상하게도 그랬다.

그런 생각은, 우연히 미용실에서 임여우를 마주쳤을 때 더 분명해졌다. 임여우의 표정을 보자마자 그녀가 카드를 고르지 않았단 걸 확신할 수 있었다.

"임여우."

"혜화."

마주친 두 사람은 한동안 서로를 바라보았고, 임여우가 먼저 손을 내밀었다.

"데뷔하면 자주 보겠구나."

"…그래."

홍혜화도 그 손을 마주 잡았다. 그리고 그녀는 조금 망설이다가, 어렵게 말했다.

"미안했어."

임여우는 씩 웃었다. 전혀 티 없는 웃음이었다. 홍혜화도 피식 웃어버리고는 편하게 말했다.

"그리고 고마워. 정말로 카드를 안 골라줘서."

한데, 임여우는 고개를 갸웃했다.

"카드가 안 왔어."

"뭐?"

"내게 카드가 안 왔다고."

"그게 무슨…."

"글쎄. 애초에 안 고를 걸 알았나 보지. 그 양반 근데 뭐야? 어떻게 만난 건데?"

"어? 어어. 사실 길을 걷는데 전단을…."

홍혜화는 미용실에서 임여우와 수다를 좀 떨다가 집으로 돌아왔다. 마음이 후련했다. 이런 마음은 이미 데뷔를 확정한 여유에서 오는 것인지 어떤 것인지는 몰라도, 그녀는 스스로 마음의 성장을 체감했다.

한데, 그녀에게는 손님이 있었다. 불쑥 찾아온 사내는 카드를 내밀었다.

"카드를 고르시죠."

"예? 뭐라고요?"

사내가 내민 카드는 일곱 장이었다. 홍혜화는 혼란스러웠다. 임여우가 날 속였단 말인가?

"아니, 여우가 분명 카드를 받지 않았다고 했는데?"

사내는 씩 웃었다.

"임여우 씨는 카드를 고르지 않았습니다."

"예?"

"제가 설명해 드리지 않았습니까? 고객님이 카드를 고르면, 고객님이 가장 싫어하는 사람에게로 남은 카드가 간다고요. 두 번째로 고르셨을 때, 고객님이 가장 싫어하는 사람은 임여우 씨가 아니었습니다."

"아…? 아!"

홍혜화의 눈동자가 흔들렸다. 임여우가 아닌, 내가 가장 싫어하는 사람? 짧은 순간에도 수많은 얼굴이 머릿속을 스쳤다. 그녀는 새삼 깨달았다. 나는 그 시절, 왜 그렇게 미워하는 사람이 많았을까? 떨리는 눈으로 카드를 내려다보던 홍혜화의 얼굴이 새하얗게 질렸다. 일곱 장의 카드 중에는 악마10 카드가 없었다.

모두가 동의해야 탈출할 수 있다

아무것도 없는 하얀 방에 세 명의 남자가 갇혀있다.

40대로 보이는 사내 최무정.

"간단히 말해서, 우리가 왜 여기에 갇혔는지 아는 사람이 없다는 거지?"

30대로 보이는 사내 김남우.

"예. 우리는 공통점도 없고, 연관성도 없고, 누구에게 납치당한 것인지도 모릅니다. 깨어나 보니 이곳이었고…."

20대로 보이는 사내 공치열.

"그럼, 우린 어떻게 되는 거죠? 죽는 거예요?"

세 사람의 얼굴에 불안감이 어렸다.

"재수 없는 소리!"

버럭 화를 낸 최무정이 자리에서 일어나 다시 한번 방 안을 빙 둘러보았다. 그 어디에도 탈출구 같은 건 없었다. 사방이 꽉 막힌 방은 현실과 괴리감이 느껴질 정도로 새하얀 색을 띠고 있었는데, 조명이 없는데도 주변이 훤했다. 심지어 방 안에는 그림자도 생기질 않았다. 비현실적인 이 공간에 비현실적으로 갇힌 세 사람은 도대체 알 수가 없었다. 서로 대화를 해보고 방안을 수색해도 알아낼 수 있는 게 없었다. 혹시 죽어서 저승에 떨어진 게 아닐까 생각할 지경이었다. 그때, 아무것도 없는 방에 한 가지 변화가 일어났다.

'핑!'

한쪽 벽면에 커다란 스크린이 켜졌다. 셋은 황급히 스크린 앞으로 달려갔다. 스크린에는 한 줄의 글귀가 쓰여있었다.

[모두가 동의해야만, 이곳을 탈출할 수 있습니다.]

최무정이 단박에 인상을 찌푸렸다.

"염병! 무슨 개소리야? 지금 갖고 놀겠다는 거야 뭐야?"

"탈출할 수 있나 봐요!"

반면 공치열의 얼굴엔 희망이 떠올랐고, 김남우는 신중하게 팔짱을 끼고 스크린을 가만히 쳐다보았다. 그다음 화면에서는 누군가 그들을 향해 질문을 던졌다.

[1000명의 사람을 죽이는 대신, 당신들을 풀어주겠습니다. 동의하십니까?]

스크린에는 미사일로 도시를 폭격하는 모습이 예시처럼 비쳤다. 세 사람은 깜짝 놀랐다. 최무정은 욕설을 내뱉었다.

"이게 뭔 개소리야! 1000명의 목숨을 걸고 거래를 하자고?"

"뭐, 뭐예요?"

최무정과 공치열의 감정이 격해질 때, 묵묵히 있던 김남우가 단호하게 말했다. 그는 시스템을 이해한 듯했다.

"아니, 동의 못 해. 난 반대합니다."

최무정과 공치열이 김남우를 돌아볼 때, 순식간에 화면이 변했다.

[전체 동의가 부결되었습니다. 이 제안은 취소됩니다. 일주일 뒤에 뵙겠습니다.]

"뭐? 일주일이라고?"

일주일이라는 단어가 세 사람의 신경을 긁었다. '핑!' 스크린이 꺼지고 다시 평범한 하얀색 벽이 되었다. 최무정이 뭐라고 화를 내려던 순간, 등 뒤에서 '쿵 쿵 쿵' 소리가 들려왔다. 소리가 나는 곳을 향해 급히 돌아본 그들의 눈에 식빵 세 봉지와 생수 한 통이 들어왔다.

"뭐, 뭐야? 어디서 떨어진 거야…?"

이 방은 천장이든 어디든, 아무리 살펴봐도 조금의 틈도 없었다. 그들의 불안감은 점점 커졌다.

*

바닥에 앉아 식빵을 씹어 먹는 세 사람. 최무정이 김남우를 힐끔 보며 말했다.

"이봐! 결정을 내릴 거면 미리 좀 상의하는 게 어때?"

김남우가 먹던 빵을 내려놓고 최무정을 보며 말했다.

"무고한 1000명의 목숨을 빼앗을 순 없습니다."

"아니, 알긴 알겠는데 그래도 우리끼리 말은 하자고!"

"예."

왠지 성향이 정반대인 것 같은 최무정과 김남우. 그 사이에서 공치열이 눈치를 보며 식빵을 뜯었다. 그리고 찾아온 일주일 뒤.

"염병! 아직도 멀었어? 망할! 빌어먹을! 우라질!"

최무정은 스크린이 나왔던 벽에 기대앉아 온갖 짜증을 내고 있었다. 설마 첫날에 주어진 식빵 한 봉지가 일주일 치 식량일 줄은 몰랐다. 김남우와 공치열도 근처에서 지친 얼굴로 주저앉아 있는 건 마찬가지였다.

'핑!'

한순간 스크린이 켜지자마자, 최무정이 벌떡 일어나 스크린을 바라보았다. 김남우와 공치열도 스크린 쪽으로 다가왔다.

[모두가 동의해야만, 이곳을 탈출할 수 있습니다.]

"알았어! 알았다고!"

[100명의 사람을 죽이는 대신, 당신들을 풀어주겠습니다. 동의하십니까?]

스크린에는 시내의 빌딩에 기관총을 난사하는 모습이 예시처럼 비쳤다. 최무정이 선수를 쳤다.

"잠깐 기다려! 우리 대화 좀 할 테니까!"

최무정이 나머지 두 사람을 향해, 특히 김남우를 향해 말했다.

"그냥 동의하자! 까짓 얼굴도 모르는 사람들 100명 목숨이 뭐가 중요해? 뭐가 됐든 동의해서 탈출하자고! 난 동의해! 동의한다고!”

그러나 김남우는 부정적인 듯 인상을 썼다. 최무정은 공치열 먼저 설득해야겠다고 생각했는지 시선을 돌렸다.

“공치열! 동의하지? 너도 탈출해야 할 거 아냐! 여자친구도 기다리고 부모님도 기다리고! 어? 동의하지 넌?”

공치열의 눈이 스크린과 최무정을 번갈아 보며 흔들렸다. 고민하다가 입을 떼려던 그때, 김남우가 말했다.

“아니, 역시 그럴 순 없습니다. 전 반대합니다.”

“뭐?”

김남우를 바라보던 최무정의 고개가 황급히 스크린을 향했다.

[전체 동의가 부결되었습니다. 이 제안은 취소됩니다. 일주일 뒤에 뵙겠습니다.]

“야이 씨!”

쿵, 쿵, 쿵. 또다시 식빵 세 봉지와 생수통이 방 안에 떨어졌다. 최무정은 김남우에게 달려들어 멱살을 잡아챘다.

“야 이 새끼야! 네가 뭔데 반대를 해 이 새끼야!”

김남우도 지지 않고, 눈을 똑바로 마주 보며 소리쳤다.

“안 되는 건 안 되는 겁니다! 어떻게 우리 나가자고 사람 목숨을 희생합니까?”

“이 미친 새끼! 그 100명이 네가 아는 놈들이야? 전 세계에서 하루에도 수만 명씩 사람이 죽어! 근데 그깟 100명 더 죽는다고 뭐가 달라진다고!”

“그걸 우리 손으로 죽이는 건 얘기가 다르지 않습니까!”

“그게 왜 우리 손으로 죽이는 거야? 어떤 미친놈이 제 맘대로 죽이는 거지! 우리가 죽이는 게 아니라고!”

“적어도 우리가 그들을 살릴 수는 있는 거잖습니까!”

김남우는 고함치며 거칠게 최무정의 손을 뿌리쳤다. 떨어진 두 사람은 서로를 매섭게 노려보았다. 공치열이 중간에서 어쩔 줄 몰라 하며 눈치를 봤다. 한참을 노려보던 최무정이 식빵을 주우러 가며 중얼거렸다.

“여기서 굶어 죽으면 다 네 탓이야 이 개자식아….”

가만히 눈치를 보던 공치열도 곯은 배를 문지르며 식빵을 주우러 갔다. 김남우도 묵묵히 식빵을 주워 들고 뜯었다. 그리고 일주일 뒤.

“저 새끼 때문에…. 저 미친 새끼 때문에….”

온몸에 기력이 떨어져 누워있는 세 사람. 최무정은 끊임없이 김남우를 욕했고, 김남우는 묵묵히 듣고만 있었다. 작게 욕설을 중얼거리던 최무정은 갑자기 고함을 질렀다.

“야 이 개새끼야! 이번엔 무조건 동의야! 어? 1만 명이 뒤지든 1억 명이 뒤지든 무조건 동의라고! 알아들어?”

김남우의 대답을 듣기도 전, 스크린이 열렸다.

[모두가 동의해야만, 이곳을 탈출할 수 있습니다.]

힘겹게 일어나 앉은 세 사람이 스크린을 보았다.

[10명의 사람을 죽이는 대신, 당신들을 풀어주겠습니다. 동의하십니까?]

스크린에는 권총으로 사람들을 쏴 죽이는 모습이 예시처럼 비쳤다. 최무정은 곧장 악을 쓰듯 소리쳤다.

"동의해! 동의한다고! 우리 셋 모두 동의한다고! 다들 동의하니까 빨리 풀어달라고!"

그의 말과는 달리 김남우는 심각한 얼굴로 입을 열지 않았다. 김남우를 노려보던 최무정의 매서운 눈이 공치열에게로 향하자, 공치열은 바로 말했다.

"도, 동의해요. 저도 동의해요. 배가 너무 고파요. 살려주세요 제발…."

최무정이 마지막으로 김남우를 노려보고, 공치열도 애원하는 얼굴로 김남우를 보았다. 인상을 찌푸린 김남우는 말이 없었다. 겨우 입을 열었지만 제대로 말하지 않았다.

"난…. 난…."

"이 새끼야! 빨리 동의하라고!"

결국, 최무정이 달려들어 김남우의 멱살을 잡아 눕혔다. 그런데 넘어지면서도 김남우는 끝내 고개를 흔들었다.

"난… 역시 안 됩니다! 반대합니다!"

"으아악! 이 개새끼!"

악에 받친 최무정의 주먹이 김남우의 얼굴을 강타했다.

[전체 동의가 부결되었습니다. 이 제안은 취소됩니다. 일주일 뒤에 뵙겠습니다.]

"악! 으아악! 아악!"

꺼진 화면을 보며 미친 듯이 분노한 최무정이 김남우를 마구 두들겨 팼다. 쿵, 쿵, 쿵. 뒤쪽에 떨어진 식빵을 보고 최무정이 황급히 달려갔다. 그가 잡아 든 식빵은 한 봉이 아니라 두 봉이었다.

"넌 먹지 마! 넌 먹을 자격 없어 이 새끼야!"

그렇게 외친 최무정은 곧바로 두 봉지의 식빵을 입안에 마구 밀어 넣었다. 깜짝 놀란 공치열도 얼른 달려와 제 몫의 식빵을 확보했다. 바닥에 누워 쿨럭거리던 김남우는 바닥을 짚고 겨우 일어나 최무정에게로 갔다. 최무정은 식빵을 마구잡이로 뜯어서 입안에 밀어 넣으며 외쳤다.

"네 건 없어 새끼야!"

"…."

김남우는 말없이 달려들어 조금 남아있는 식빵이나마 뺏어 들었다. 최무정은 욕설을 내뱉었지만, 그마저도 빼앗아 당장 김남우를 굶겨 죽일 생각은 없어 보였다. 그저 입안의 식빵을 씹으며 살기 어린 눈빛을 보낼 뿐이었다.

꾸역꾸역 세 사람의 식빵 먹는 소리만이 하얀 방 안을 가득 채웠다.

*

"컥…! 커어억…!"

"죽어. 죽어. 죽어!"

모두가 잠든 방 안, 최무정이 김남우의 몸 위에 올라타 목을 조르고 있었다.

"너 때문에 탈출을 못 해…! 이 새끼야! 죽어…. 죽어…!"

광기에 찬 최무정의 모습과 점점 눈이 풀려가는 김남우의 모습. 근처에서 잠든 척한 공치열이 떨리는 몸으로 그 모습을 지켜보고 있었다. 공치열은 죽어가는 김남우와 눈을 마주치고도 눈을 질끈 감아 외면해 버렸다.

"죽어…! 죽으라고…! 죽어…!"

김남우의 움직임이 조금씩 멎어들었다.

*

'핑!'

[모두가 동의해야만, 이곳을 탈출할 수 있습니다.]

스크린에 뜬 문구를 본 최무정은 공치열에게 재차 확인했다.

"알지? 무조건 동의야."

"예…."

공치열도 고개를 끄덕이며 스크린을 보았다.

[한 명의 사람을 죽이는 대신, 당신들을 풀어주겠습니다. 동의하십니까?]

스크린에는 칼로 한 사람을 찔러 죽이는 모습이 예시처럼 비쳤다. 최무정은 문구가 뜨자마자 외쳤다.

"동의해! 동의한다고! 네 맘대로 다 죽여버리라고!"

김남우가 없으니 드디어 탈출할 수 있겠다고 생각한 최무정은 순간, 깜짝 놀랐다.

"바, 바, 반대해요!"

"뭐?"

최무정이 부릅뜬 눈으로 공치열을 바라봤다. 공치열은 떨리는 목소리로 반복했다.

"바, 반대합니다! 동의 못 해요!"

"무, 뭐라고…? 뭐라고? 너 미쳤어?"

최무정의 얼굴이 파르르 떨렸다. 공치열은 울부짖었다.

"우, 우리 어머니예요! 스크린에 나오는 여자가 우리 어머니라고요!"

[전체 동의가 부결되었습니다. 이 제안은 취소됩니다. 일주일 뒤에 뵙겠습니다.]

분노로 부들거리던 최무정이 폭발했다.

"이이…! 이 새끼가!"

최무정이 공치열에게 달려들었지만, 공치열은 힘으로 그를 밀쳐냈다.

"우리 어머니를 죽일 순 없어요!"

"왜! 그럼 나는! 왜! 여기서 탈출을 해야 할 거 아냐 새끼야!"

"안 돼요, 안 돼요! 죄송해요! 근데 안 돼요. 죄송해요."

"이이이이…!"

최무정은 욕설을 쏟아부었고 공치열은 내내 사과만 했다. 쿵, 쿵. 머지않아 식빵이 떨어지자 최무정은 일단 그쪽으로 향했다. 공치열도 화들짝 놀라 식빵을 향해 달렸다. 최무정은 그런 공치열을 흉악한 눈으로 노려보았다.

"누구든, 그게 누구든 간에 무조건 탈출을 하고 봐야지! 무조건 동의를 했어야지!"

"…죄송해요."

최무정의 눈이 살기로 가득 찼다.

*

"컥…! 커억…! 컥…!"

"죽어…! 죽어…! 네가 그러고도 무사할 줄 알았어? 죽어…!"

광기에 휩싸인 최무정이 공치열의 위에 올라타 목을 조르고 있었다.

"크흑…! 살려…!"

"뭐? 어머니라 안 된다고? 웃기지 마! 나 먼저 살고 봐야지 이 멍청한 새끼야! 죽어! 죽으라고! 죽어!"

눈물 흘리며 부들거리던 공치열의 움직임이 점점 멎어갔다.

*

스크린 앞에 힘없이 앉은 최무정은 광기에 휩싸여 혼자 중얼거렸다.

"웃기고들 있네. 세상에선 내가 제일 중요한 거야. 누구든 나와 봐. 엄마? 마누라? 내 딸? 웃기고 있네. 누구든 맘대로 죽여! 무조건 동의해 줄 테니까! 무조건 동의라고!"

'찡!'

[모두가 동의해야만, 이곳을 탈출할 수 있습니다.]

"어어! 그래! 왔구나! 왔어! 기다렸다고!"

초점 없는 최무정의 붉은 눈이 스크린을 바라보았다. 이윽고, 스크린에 펼쳐지는 문장.

[한 명의 사람을 죽이는 대신, 당신을 풀어주겠습니다. 동의하십니까?]

한데, 당장이라도 동의를 외칠 것 같았던 최무정의 얼굴이 멍청하게 굳어버렸다. 스크린에는 그가 있는 하얀 방의 전경이 비치고 있었다. 하안 방 안에서 총, 칼, 독, 무수한 방법으로 죽어가는 한 사내의 모습이 예시로 보였다.

"나…? 나라고? 나?"

멍하니 화면을 보던 최무정이 미친 듯 소리치며 스크린을 두들겼다.

"이런 개자식! 아악!"

한참을 혼자 발광하다 힘이 떨어진 최무정이 말했다.

"반대한다…."

쿵. 식빵 한 봉지가 떨어졌다.

*

"반대해…."

쿵.

"반대해…."

쿵.

"반대해…."

쿵.

"반대해…."

쿵.

"…동의한다."

[전체 동의가 이루어졌습니다. 한 사람을 죽이고, 풀어드리겠습니다.]

어떤 선물이 좋을까?

한날한시 모든 이들이 같은 꿈을 꾸었다. 꿈속에서 자신을 '산타'라고 소개한 남자가 말했다.

[긴 시간을 고민했습니다. 우는 아이도, 나쁜 아이도, 어른도, 누구나 차별 없이 선물을 받아야 한다는 것을 깨달았습니다. 또 친구 없는 사람도, 돈이 없는 사람도, 누구나 선물할 수 있어야 한다는 것도 말입니다. 다섯 번의 기회를 드릴 테니, 선물을 나누세요.]

다음 날, 사람들은 너무나 선명한 산타 꿈 이야기를 주고받다가 모두가 같은 꿈을 꾸었다는 사실에 경악했다. 그렇다면 그 꿈이 예삿일이 아니란 말인가? 산타가 진짜 존재하는 걸까? 그럼 산타가 말한 다섯 번의 기회는 뭔가? 얼마 지나지 않아 사람들은 알 수 있었다.

"어? 하늘에 저거 뭐야?"

전 세계의 하늘 위에 마치 빔 프로젝터를 쏜 것처럼 한 사내의 영상이 나타났다. 영상 속에는 등산하던 사내가 자신의 눈앞에 떠있는 거대한 양 손바닥을 보며 당황하고 있었다. 거대한 손은 사내에게 무언가를 바라는 듯 공손하게 내밀어 있었다. 바로, 선물을 바라는 손이었다.

사내는 잠시 당황하다가 얼떨결에 손에 들고 있던 양갱을 그 손 위에 올려두었다. 그러자 양갱과 함께 손이 사라져버렸고, 하늘 위 영상도 사라졌다. 이 믿을 수 없는 현상을 본 사람들은 깜짝 놀랐다. 사람들을 더욱 놀라게 한 건, 전 세계에서 들려오는 뜻밖의 제보들이었다.

"야, 양갱?"

"이게 무슨? 이게 웬 양갱이야?"

손바닥을 내밀고 매를 맞던 아이, 세수하려고 수도꼭지에 양손을 내밀었던 사람, 서류를 받으려고 양 손바닥을 모았던 사람 등등. 우연히 같은 자세로 손을 내밀고 있던 사람들의 손 위에 사내가 건넸던 양갱이 생겨난 것이다. 이 신비한 사태는 순식간에 전 세계를 열광하게 했다.

"뭐야? 꿈에서 산타가 말한 선물을 나누라는 의미가 이거야?"

"누구나 선물을 받고, 또 누구나 선물을 주라는 의미가 그거였구나! 그 사람이 준 양갱을 모두가 받은 거야!"

"꿈에서 기회가 다섯 번이라고 하지 않았어? 아직 네 번의 기회가 남았어! 그럼 다시 손이 나타났을 때, 손을 내밀고 있으면 나도 선물을 받을 수 있는 거야?"

사람들은 흥분하기 시작했다. 만약 그 남자가 선물한 물건이 양갱이 아니라 금반지였다면? 명품 시계였다면? 마음이 설렌 사람들은 틈만 나면 하늘을 바라보았다.

그리고 정확히 일주일 뒤 같은 시간.

"앗! 또! 또 떴어!"

하늘 위에 한 여인의 형상이 나타났다.

"헐! 화장실이잖아?"

여인은 변기 위에서 볼일을 보는 중이었다. 몹시 당황한 여인의 얼굴이 새파래졌지만, 전 세계 사람들은 개의치 않고 얼른 양손바닥을 모아 내밀었다.

"비싼 거! 무조건 비싼 거!"

"금반지나 금목걸이 없나? 아니면 핸드폰? 핸드폰이라도!"

"뭐 하는 거야? 빨리 손 위에 올리라고!"

당황한 여인은 거대한 손을 보며 어쩔 줄 몰라 하다가, 황급히 머리에서 '나비 모양 머리핀'을 빼 손 위에 올려두었다. 그 순간, 전 세계에 수억 개의 나비 모양 머리핀이 생겨났다. 수많은 사람은 신기한 얼굴로 머리핀을 바라보았다. 하지만 모두가 그렇지는 않았다.

"뭐야 이게?"

"이거 보석 아니지? 큐빅이지? 에라!"

"뭐 이딴 걸 줘!"

사람들은 실망하고, 욕하고, 머리핀을 땅바닥에 던져버리기도 했다. 고작 머리핀? 어디에 쓰라고 이딴 머리핀을, 게다가 개나 소나 다 가지고 있는 흔하디흔한 머리핀을 말이다. 사람들은 쓸데없는 선물로 소중한 기회를 날렸다며 여인을 비난했다. 하루가 지나자 여인의 신상이 순식간에 밝혀졌고, 전 세계적으로 비난이 쏟아졌다. 여인은 바깥 생활을 못 할 정도로 공황에 빠졌다.

다시 시간이 흘러 일주일 뒤 같은 시간. 이미 사람들은 하늘을 바라보며 준비하고 있었다.

"손이다! 손이 나타났다!"

"그렇지! 떴다! 누구야? 이번엔 어디 누구야?"

이번에 선택된 사람은 중학생 소녀였다. 교복 차림의 소녀는 자신의 앞에 뜬 손을 보자마자 새파랗게 질렸다. 앞선 여인이 머리핀을 선물했다가 어떤 일을 겪었는지 알고 있었기 때문이다. 그러거나 말거나 사람들은 얼른 손을 내밀며 재촉했다.

"빨리 선물! 비싼 선물로!"

"아 뭐야? 애잖아? 주변에 다른 어른 없어?"

"망할! 딱 봐도 비싼 건 없어 보이네! 핸드폰이라도 없나?"

겁먹은 소녀는 안절부절 어쩔 줄 몰랐다. 급히 가방을 뒤져보았지만, 욕먹지 않을 만한 선물이 없었다. 소녀는 '잠깐만요!'라고 말하곤 다른 어른을 불러오기 위해 뒤돌아 뛰었다. 그런데 소녀의 모습이 사라져버렸다.

"뭐야? 왜 사라져? 끝이야?"

사태를 파악하던 사람들은 곧, 한 가지 규칙을 알게 되었다. 손이 나타났을 때 그 자리에서 바로 선물하지 않으면 안 된다는 것. 남에게 넘길 수 없다는 것. 이렇게 되자, 사람들은 소녀를 비난했다.

"미련하긴! 그냥 아무거나 줬어야지!"

"저거 저거, 뺏기기 싫어서 일부러 그런 거 아냐? 핸드폰이라도 줬어야지!"

소녀의 신상이 밝혀지는 건 순식간이었고, 소녀 역시 앞선 여인처럼 전 세계적인 분노에 노출되었다. 그러거나 말거나, 사람들은 성화를 냈다.

"이제 겨우 두 번의 기회밖에 안 남았어! 세 번을 다 멍청하게 날려 가지고!"

사람들은 부디 다음 선물은 제대로 된 물건이기를 바랐다.

다시 찾아온 일주일 뒤.

"나타났다! 이번에는 누구야?"

이번에 선택받은 사람은 50대 중년 사내였다. 사람들은 얼른 양손을 내밀고 소리쳤다.

"제대로 된 거 달라고!"

"어? 저 사람 손에 저거 금반지 아냐? 금반지! 그거 달라고!"

"시계도 비싸 보이네!"

중년 사내는 당황했지만, 금세 자신감을 찾았다. 사내가 지금 있는 곳이 바로, 귀금속 가게였으니까. 귀금속 가게를 운영하던 사내는 얼른 골드바를 꺼내서 보란 듯이 흔들었다. 사람들은 환호했다.

"우와아아!"

"금이다! 금!"

"멋져! 최고야!"

사내는 멋있는 동작으로 거대한 손 위에 골드바를 얹었다. 순간, 전 세계인의 손바닥 위에 수십억 개의 골드바가 생겨났다.

"우와! 금이다!"

"대박! 나 골드바 처음 만져봐!"

"으하하하! 드디어 제대로 된 선물이다!"

사람들은 모두 뛸 듯이 기뻐했다. 하지만 하루 만에 당황스러운 소식이 전해졌다.

"뭐야? 금값이 왜 이래?"

"이런 씨? 아무도 금을 안 사잖아?"

어쩌면 예견된 일이었다. 수십억 개나 생겨버린 금의 희소가치는 바닥으로 떨어졌고, 누구도 금을 사지 않았다. 그야말로 금이 노란색 돌멩이가 돼버렸다. 그러자 사람들은 다시 중년 사내를 욕했다.

"이런 멍청한! 생각이 있는 거야 없는 거야? 골드바를 주면 어떡해?"

"아오! 저놈 때문에 내 금반지랑 예물 다 똥값 됐네!"

"금본위제도가 흔들리고 있습니다! 현재 각 나라는…."

"금 관련 산업이 모조리 망하고 있습니다! 그 경제적 여파는…."

앞선 이들과 마찬가지로 선물을 건네준 이는 전 세계인의 적

의에 노출되었다. 심지어 중년 사내는 테러까지 당했다. 이런 현상을 냉정하게 지켜본 누군가는 생각했다. 그 어떤 선물도 인간이란 존재를 만족시킬 수 없다고. 사람들은 마지막 다섯 번째 선물을 앞두고, 과연 무엇이 좋을지 상상했다.

"화폐 가치가 있는 건 어차피 똥값 될 것 아니야. 차라리 양갱처럼 그냥 먹을 게 낫겠네."

"아니지. 핸드폰이나 노트북 같은 전자 기기는 활용도가 높잖아. 실용적인 제품이 최고지."

많은 의견들이 나오는 사이 일주일이 지났다. 마지막 기회이니 만큼 가장 많은 관심이 쏠렸다. 사람들은 하늘을 올려다보며 선물을 기다렸다. 그런데 다섯 번째 사람의 모습이 보이자 사람들은 비명을 질렀다.

"까아악!"

"뭐, 뭐야? 저 새끼!"

한 청년이 밀폐된 지하실에서 칼로 사람을 마구 찌르고 있었다. 그는 갑자기 눈앞에 나타난 손바닥을 보며 행동을 멈추더니, 씩 웃었다. 그 소름 끼치는 웃음에 사람들은 욕설을 내뱉었다.

"저, 저, 저거 뭐 하는 놈이야? 저런 사이코 새끼!"

"마지막 선물을 줄 놈이 하필 저런 살인마라고? 젠장!"

살인마는 눈앞에 있는 거대한 손바닥을 보고 환하게 웃었다. 곧, 한 손으로 칼을 들고 흔들며 다른 손으로 칼을 가리켰다. 마치 이 칼을 선물하겠다는 듯했다.

"저, 저 미친놈!"

대다수 사람들은 욕하며 손조차 내밀지 않았다. 한데 청년이 칼을 옷으로 정성껏 닦기 시작했다. 묻은 피를 모두 닦아내고, 입김까지 불어가며 몇 번이고 깨끗이 손질했다. 사람들은 무서워하면서도 청년의 행동을 지켜봤다. 청년은 깨끗해진 칼을 고급스러운 칼집에 단단히 채웠다. 보석 장식이 달린 골동품 같은 아름다운 칼이었다. 청년은 그 칼을 양손으로 공손하게 들더니, 손바닥을 향해 내밀었다. 곧장 내려놓지 않고 잠깐 멈춘 모습은, 마치 사람들에게 결정할 시간을 주겠다는 듯했다. 사람들의 반응은 당연했다.

"미친 새끼! 사람 죽인 칼을 누가 받아!"

"소름 끼치는 자식이네 진짜!"

한데, 모두가 그렇지는 않았다.

"에이, 마지막인데 받을까? 칼이란 게 실용적이기도 하고."

"칼은 꽤 좋아 보이는데? 비싼 건가?"

"뭐 어차피 마지막 선물이잖아! 더 이상 선물도 없는데…. 이거라도 챙겨야지!"

"사람 죽인 칼은 나름대로 의미가 있어."

의외로 많은 사람들이 선물을 받기 위해 양손을 내밀었다. 분명 살인마의 칼인 걸 알면서도, 방금 사람을 죽였던 칼인 걸 알면서도, 손을 내밀었다. 청년은 스스로 충분히 생각할 시간을 줬다고 판단한 듯이 고개를 끄덕였다. 곧, 청년은 환하게 웃으며 거대한 손바닥 위로 몸을 날렸다. 사람들에게 자신을 선물한 것이다.

전 세계에 수만 수천 명의 살인마가 복제됐다. 하늘 위 청년의 모습은 사라졌지만, 몇몇 사람들은 청년의 환한 미소를 더 자세히 볼 수 있었다. 그 칼집을 여는 모습까지도.

그녀는 아들을 죽였는가, 죽이지 않았는가

국내 초대형 놀이공원의 대관람차가 쓰러졌다. 여섯 명의 사망자가 나왔고, 놀이공원 측은 빠르게 사고 책임을 인정했다. 그들은 사망자 한 명당 7억 원의 보상금을 지급하기로 했지만, 단 한 명은 제외했다. 왜일까? 똑같이 죽었는데 왜 한 명에게는 보상금을 지급하지 않는다는 걸까? 사람들은 궁금했다. 놀이공원 측의 발표는 이랬다.

[그 소년의 직접 사인은 '경부압박질식'이었습니다. 소년은 사고 전 이미 목이 졸려 죽은 것으로 판단됩니다. 저희로서는 이해가 안 가는 부분이라….]

대관람차에서 목이 졸려 죽었다니? 사람들은 의아했다. 사망한 소년의 엄마는 크게 반발했다.

"당신들 무슨 소리를 하는 거야? 대관람차에는 나랑 우리 아들밖에 없었는데, 그럼 내가 아들을 목 졸라 죽이기라도 했단 말이야? 남의 아들을 죽여놓고 무슨 헛소리야!"

곧바로 아이 엄마와 놀이공원 간의 법적 분쟁이 시작됐다. 이 사건은 대대적인 이슈가 되었고, 사람들은 서로 자기 생각들을 떠들어댔다.

"뻔하지! 놀이공원이 돈 아끼려고 꼬투리 잡는 거지 뭐!"

"글쎄? 다른 사람들 보상금은 다 정상 지급해 놓고, 고작 7억 가지고 그럴까? 그 큰 기업이? 아닌 게 아니라, 상식적으로 이상하잖아! 대관람차가 넘어져서 사망했는데, 왜 목이 졸려 죽어있어? 이런 경우 외부 충격으로 인한 장기 손상이 사인이 되는 게 보통 아니야? 그리고 구조될 때까지 그 대관람차 안에 엄마랑 아들이랑 단둘이 있었다잖아."

"그럼 네 말은 친엄마가 자기 아들을 목 졸라 죽였단 말이야 뭐야? 그게 말이나 되냐?"

"그건 모르는 거지! 보상금 액수도 사망자나 돼야 7억 원이지, 부상자는 얼마 못 받았잖아?"

"설령 그런 사이코라고 치자. 그래도 사고가 난 그 짧은 순간에 그런 판단을 하고 실행했다고? 말이 돼? 안 그래도 아들 잃고 힘든 사람한테 그런 말 하면 못써!"

여론은 놀이공원 측이 꼬투리를 잡는다고 생각했다. 그런데 언론에서 수상한 정보가 풀리기 시작했다.

[놀이공원 사건의 아이 엄마 임모 씨는 미혼모인 것으로 밝혀졌는데, 평소 경제적 어려움 때문에 '아들과 함께 죽고 싶다'는 말을 자주 했던 것으로 밝혀졌습니다.]

"야야! 들었어? 그 대관람차 엄마가 미혼모인데, 고등학교 때 애를 낳고 혼자 어렵게 키웠대!"

"그 사람 아는 언니가 하는 말이, 평소에 '내가 애만 없었으면'이라는 말을 입에 달고 살았다잖아!"

[놀이공원 사건의 아이 엄마 임모 씨는 아들을 6세까지 친정어머니에게 맡겼고, 사실상 아들과 함께한 시간은 매우 짧았다고 합니다.]

"야! 그 아들하고는 고작 2년도 안 살았다는데? 친정엄마가 다 키웠대!"

"그 6년 동안 다른 남자랑 결혼 약속까지 잡았다가 파투 났다는 소문도 있더라! 그때 결혼했으면 아마 영영 그 아들이랑 안 살았을걸?"

시간이 흐를수록 확인되지도 않은 루머들까지 사실인 양 퍼졌고, 사람들의 생각에 조금씩 영향을 주었다.

"설마, 진짜 보상금 받으려고 자기 손으로 아들을 죽인 거 아니야? 아무리 생각해도 추락하는 대관람차에서 질식사라는 건 좀…."

"에이. 그건 좀 아니지 않나? 그 정신없는 상황에서 그런 계산이 됐겠어?"

"모르지? 사고가 난 김에 갑자기, 평소에 늘 생각하던 것이 머릿속에서 번쩍하고 떠오를 수 있잖아? 그리고 생각보다 구출에 시간이 걸렸었으니까."

"에이. 무슨 영화도 아니고! 그냥 놀이공원에서 꼬투리 잡는 거야! 이런 거로 떠드는 것도 아이 엄마한테 몹쓸 짓이야! 지금

다 놀이공원 측에서 언론 플레이하고 있는 거라고! 세상에 어떤 엄마가 돈 때문에 자기 아들을 죽여?"

자극적인 이야기를 좋아하는 사람들은 인터넷 한편에서 아이 엄마를 손쉽게 '악녀'로 만들었다. 하지만 현실에서는 아직도 아이 엄마를 믿는 사람들이 많았다. 그것도 잠시.

[아이의 정확한 사망 원인이 밝혀졌습니다. 아이의 목을 조른 물건은 가방끈으로 밝혀졌습니다. 구출 당시 임모 씨가 들고 있던 가방의 끈으로 추정되는데, 임모 씨의 주장으로는….]

"헐! 대박! 진짜 친엄마가 자기 아들을 목 졸라 죽인 거야?"

"야, 난 처음부터 알고 있었어! 어떻게 대관람차가 넘어져서 죽었는데, 목이 졸려 죽었겠어? 처음부터 이상했어!"

"아냐! 아직 모른다던데? 아이 엄마 말로는 아이가 가방을 들고 있겠다고 해서 건네줬는데, 아이가 그 가방을 목에 계속 걸치고 있었대! 추락했을 때 가방의 관성 때문에 목이 졸려 죽었을 거라고 주장하던데?"

"에라! 그게 말이 돼? 완전 억지지! 누가 믿어?"

"그래도 모르는 거지! 애 엄마 말대로 우연히 목이 졸렸을지 누가 알겠어? 세상에 어느 미친 여자가 자기 아들을 제 손으로 죽여?"

"요즘 세상이 얼마나 무서운데! 충분히 그럴 사람들이 넘쳐!"

사람들은 반으로 나뉘어 팽팽히 맞섰다. 가방끈이 명백한 증거다! 아이 엄마가 정말로 아들을 목 졸라 죽인 것이다! 아이 엄마를 구속 조사해야 한다! 아니다, 아무리 생각해도 그 짧은 순간에 계산해서 행동할 수 있는 사람은 없다! 놀이공원 측이 7억의 배상금을 지급해야 한다! 지급할 필요 없다! 아이 엄마의 살해극이다! 지급해야 한다! 명백한 놀이공원 사고다! 갈리는 여론과 마찬가지로, 소송도 정확한 판결이 떨어지질 않았다.

[놀이공원 측의 주장대로 아이의 사망 원인이 대관람차의 사고인지, 다른 어떤 것인지 아직 확인할 수가 없습니다. 정확한 판단을 내리기 위해서 조사가 더 필요한 상황입니다.]

사람들은 각자의 생각을 주장하며, 과연 이 소송이 어떤 결과로 끝날지 애타게 기다렸다. 한데, 예상은 빗나갔다.

[놀이공원 측에서 소송을 포기했습니다. 그룹 대표 두석규 회장이 직접 나선 것으로 알려졌습니다. 두석규 회장은 '그 이유가 어찌 되었든, 아이가 사망한 것에 놀이공원의 책임이 분명히 존재하는데, 돈으로 잘잘못을 따지는 것은 사람의 도리가 아니'라며, 전액 보상금을 지급하라고 지시한 것으로 알려졌습니다. 이에 그룹 측은 소송을 포기하고….]

"오. 두석규 회장이 대인배네!"

"대인배는 무슨! 저게 다 이미지 메이킹 하는 거지!"

사건의 결말은 흐지부지 이렇게 끝나버렸지만, 사람들이 여전히 궁금한 것은 한 가지였다.

"그래서, 그 여자가 자기 아들을 죽인 거야, 안 죽인 거야?"

사람들은 정말로 궁금했다. 그녀는 희대의 악녀인가, 불쌍한 피해자인가.

*

"으이구! 이거 참 체면이 말이 아니야. 나까지 이런 조작질에 나서야 해?"

"죄송합니다, 회장님. 그래도 회장님! 이 정도면 정말 잘 마무리된 겁니다! 하마터면 저희 공원 문 닫을 뻔한 큰 사건이었습니다. 그래도 아이 엄마가 이슈화되면서 놀이공원 폐쇄나 안전불감증 이야기는 쏙 들어가지 않았습니까?"

회장은 고개를 주억거렸다.

"그래, 그건 잘했어. 역시 자네가 일은 참 잘해."

사내는 미소 지으며 말했다.

"어차피 대중들은 물고 뜯을 거리가 필요할 뿐입니다. 더 자극적인 이야기를 하나 던져주면 그걸 가지고 잘 놀지요. 소수의 사람이 핵심을 짚어줘도, 대중들의 관심은 오로지 눈앞의 개뼈다귀뿐입니다."

"하하. 그런가. 근데, 생각보다 돈이 많이 들지 않았더군? 그런 사건을 조작하려면 매수할 사람이 한둘이 아니었을 텐데?"

사내는 씩 웃었다.

"단 한 명만 매수하면 됩니다."

*

"진정하고 잘 들으시오. 어차피 지금 당신 아들은 이미 죽었소. 선택하시오! 7억을 받겠소? 아니면, 30억을 받겠소?"

"…."

"잘 선택했소. 그럼 일단, 그 가방끈을 내게 주시오."

나쁜 외계인, 착한 외계인

인류가 처음 만난 외계인은 몹시 나쁜 외계인이었다. 녹색 털이 돋은 새까만 피부, 튀어나온 주둥이와 들쭉날쭉한 이빨, 콧대 없는 코, 누런 눈동자, 신문지처럼 힘없이 펄럭이는 귀, 왕방울만 한 손가락, 바닥에 끌리는 꼬리. 그들은 짐승이라고 불러도 될 만한 끔찍한 외모를 가지고 있었지만, 기술력은 대단했다.

[복종하거나 멸종하거나 둘 중 하나를 택하라!]

"뭐야? 우리 인류를 무시하는 거야?"

상대는 고작 우주선 하나. 인류는 전 세계의 모든 전력을 총동원하여 맞섰다. 하지만 단 한 번의 전투로 전 세계 인구의 30퍼센트를 잃고 항복했다.

그 이후엔 처참한 시대가 도래했다. 외계인들의 노예가 된 인류는 전 세계에 수만 개의 '돌탑'을 쌓아야 했다. 그들은 종교의식이라는 이유로 도구의 사용을 금지했고, 맨손으로 끝도 없이 높은 돌탑을 쌓길 원했다. 강제 노역에 동원된 인간들은 하루에도 수백 명씩 죽어 나갔다.

또 그들은 마치 레저 스포츠를 즐기듯이 인간을 가지고 놀았는데, 투견처럼 싸움을 붙여서 내기한다거나, 도시를 돌아다니며 인간 사냥놀이를 하는 식이었다. 그런 취급을 받아도 인류는 반항할 수 없었다. 10명이든 100명이든 그냥 죽게 놔두는 게 최선이었다. 만약 무기를 들고 맞서면, 그 즉시 도시 하나가 사라졌으니까. 특히 그들은 극소수의 저항 세력도 기가 막히게 찾아내어 박멸했다. 인류에게는 어떠한 희망도 없었고, 영원히 외계인의 노예로 살아가야 하는 미래뿐이었다.

그런데 10년이 지난 어느 날, 기적이 일어났다.

[이렇게 불쌍한 종족을 괴롭히다니! 정의의 심판을 내려야겠군!]

착한 외계인이 등장했다. 정의를 외치는 그 외계인의 말은 인류를 기대하게 했다. 아니나 다를까, 그는 곧바로 녹색 털의 까만 외계인들을 쳐부수기 시작했다. 순백색의 날개를 가진 그 외계인은 키가 수천 미터나 될 정도로 아주 거대했는데, 그만큼 강했다. 까만 외계인들의 무시무시한 무기로도 생채기 하나 낼 수 없었다. 결국, 지구를 점령하고 있던 검은 외계인들은 모조리 우주로 도망쳤고, 순백의 외계인이 그 뒤를 끝까지 쫓아 퇴치했다. 인류가 노예 생활에서 벗어나게 된 순간이었다.

"해방이다! 인류가 해방됐어! 와아아아아!"

인류가 노예 생활에서 해방되자마자 가장 먼저 한 일은, 그 빌어먹을 돌탑을 깨부수는 것이었다. 나쁜 외계인들의 종교 상징이라던 그 돌탑을 단 하나라도 그냥 둘 순 없었다.

"이 개 같은 돌탑! 이걸 짓다가 죽어 나간 사람들이 얼마나 많았는데!"

"폭탄을 터트려! 다 터트려 버려!"

그다음으로 한 일은 순백색 날개를 가진 착한 외계인을 찬양하는 것이었다.

"정말 정의롭고 멋진 외계인이야!"

"그 외계인이 아니었다면, 인류는 영원히 노예로 살아야 했을 거야!"

"우주에는 쓰레기 같은 종족만 있는 게 아니었어! 정의로운 외계인도 있었던 거야!"

"이 은혜를 어떻게 갚아야 하지?"

사람들은 고민했다. 어떻게든 보답하고 싶었지만, 상대는 외계인이었다.

"우리보다 훨씬 뛰어난 문명의 외계인에게 무엇으로 보답할 수 있겠습니까? 황금이든 보석이든, 의미가 없을 겁니다."

고민하는 와중에 누군가 제안했다.

"그럼 그냥 저희의 정성을 표현하는 게 어떻겠습니까? 그들의 동상을 세워서 두고두고 기립시다."

"오! 그거 좋군요. 혹시라도 그 외계인이 지구를 다시 방문한다면, 분명 우리의 마음이 전해질 겁니다."

온 인류가 힘을 합쳐 순백색 외계인의 동상을 제작했다. 억지로 검은 돌탑을 세울 때와는 차원이 달랐다. 성심성의껏 온 정성을 다해서, 인류 역사상 가장 거대하고 멋들어진 동상을 만들었다. 동상의 이름은 '정의'. 그야말로 순백색 외계인에게 가장 어울리는 이름이었다.

동상뿐만이 아니었다. 순백색 외계인의 생김새가 워낙 멋있었기 때문에 캐릭터 산업이 성행했다. 인형부터 시작해서 티셔츠까지, 전 세계 어디를 가도 그의 모습을 볼 수 있었다. 인류의 생활 속에 녹아든 그는 '우주에서 가장 정의로운 자'라 불리며 온 인류의 진심 어린 존경과 사랑을 받았다.

그가 다시 지구를 방문할 때를 위해서, 거대한 동상은 항상 최고의 상태로 관리되었다. 그 비용이 어마어마했지만, 그 누구도 문제 삼지 않았다. 사실, 지배의 공포를 완전히 떨쳐내지 못한 인류에게 그 동상은 존재만으로도 안심이 되는 것이었다. 또한, 동상은 선과 정의의 상징이었다. 새롭게 재건된 인류는 동상을 기리며 정의로운 세상을 추구했다. 그래서 인류는 동상을 늘 닦고 또 닦았다. 그리고 드디어, 그날이 찾아왔다.

[아니 이게 뭐야?]

느닷없이 자신의 동상 앞에 나타난 순백색 외계인을 보며 인류는 환호했다. 오직 이날을 위해 상시 대기 중이던 환영단이 얼른 그를 맞이했다.

"오오오! 우주에서 가장 정의로운 은인이시여! 저희 인류를 구원해 주신 은혜에 보답하기 위해 은인의 동상을 세웠습니다! 보잘것없지만, 마음에 드셨으면 좋겠습니다! 저희는 매년 인류 해방 기념일마다 이곳에서 은인을 기리고 있습니다!"

전 세계에서 그 광경을 생방송으로 지켜보던 사람들은 그의 기뻐하는 모습을 기대했다. 뿌듯함을 느낄 준비를 했다. 한데, 외계인의 반응은 인류의 기대와는 달랐다.

[뭐야? 날 기리기 위해 이 동상을 세웠다고? 이런!]

거칠게 화를 낸 외계인이 소리쳤다.

[나를 기릴 거면 내 동상을 세웠어야지! 이걸 왜 세워?]

"예?"

인류가 어리둥절하던 그때, 순백색 외계인 근처에 웜홀이 열렸다. 그곳에서 나타난 작고 파란 덩어리가 순백색 외계인을 두드리며 말했다.

[이건 내가 텔레파시로 조종하는 노예라고! 동상을 세울 거면 나를 세웠어야지, 내 노예 동상을 세우면 어떡해!]

인류는 할 말을 잃었다. 인류가 정의라 불렀던 순백색 외계인은 설움의 눈물을 흘리고 있었다. 동상을 다시 세우라는 파란 외계인의 요청에 인류는 어떤 표정을 지어야 할지 몰랐다. 다시 동상을 짓는다고 해도, 그 동상의 이름을 정의라 부를 수 있을까.

엄마가 먼저, 아빠가 먼저

"배드민턴이 어때서 그래? 운동도 되고 얼마나 좋아. 우리 부부가 공통 취미를 하나 가진다면 역시 배드민턴이지! 당신도 대학교 때 좀 쳤다면서?"

"그렇게 몸 쓰는 거 별로라니까. 그냥 같이 독서 모임에 가입하자."

"책 볼 시간이 어딨어?"

"배드민턴 할 시간은 있고?"

부부의 이견이 좁혀지지 않았다. 부부가 같은 취미를 가지면 좋다는 말에 하나를 정하려 했지만, 취향이 너무도 달랐다. 양보 없는 대화에 부부의 언성이 높아지기 직전, 갓난아기의 울음소리가 싸움을 중재했다.

"으앙으아아앙."

부부는 황급히 우는 아기를 달래며 다툼을 미뤘다.

“에구구. 우리 아가 어디가 어쨌어요? 배고파요? 오줌 쌌어요? 우리 아가 언제쯤 말을 할까? 슬슬 할 때가 된 것 같은데. 아빠 해봐 아빠!”

어화둥둥 아이를 달래는 남편을 바라보던 아내가 말했다.

“우리 내기로 정할까? 애가 아빠를 먼저 말하면 배드민턴을 하고, 엄마를 먼저 말하면 독서 모임을 하기로.”

“오. 그럴까? 자신 있어? 난 좋아!”

“나도! 우리 애는 엄마 맘을 잘 알아줄 거야. 서빈아! 엄마 해봐, 어엄마!”

“아빠! 아빠! 아빠, 아아빠!”

이후로 부부는 틈만 나면 아이에게 엄마, 아빠를 반복해서 말해주었다. 그리고 며칠 만에 승자가 정해졌다.

“어마마마! 엄마!”

“이것 봐! 당신도 들었지? 엄마 먼저 한 거 들었지?”

“아으. 엄마 말고 얼마 아니야? 장난감 얼마짜리냐고 묻는 것 같은데?”

“뭔 소리야! 내가 이겼어! 독서 모임이다 우리?”

“에휴. 알았어.”

*

“멀쩡한 차가 있는데 차를 왜 바꿔? 우리가 그렇게 돈이 많아? 이해할 수가 없네 진짜!”

아내는 분노했지만, 남편도 할 말은 있었다.

"유럽 한 달 살기를 할 돈이면 차 바꾸고도 남아!"

"유럽 한 달 살기는 당신도 좋다고 했잖아!"

"내가 언제 좋다고 했어? 멋지다고 했지! 우리 이제 둘째도 태어났고 4인 가족이야. 차 바꿀 때 됐어."

"그럴 돈이 어딨냐니까!"

"한 달 살기 안 하면 충분히 남아! 솔직히 나 직장에도 눈치 보이고, 그거 해서 뭐가 남아? 겉멋이지 그냥!"

"추억이 남지! 그거 경험하면 인생관이 달라진다니까! 인생 경험이 중요하지 차가 중요해? 차는 그냥 달리기만 하면 되는 거지, 모델이 뭐가 중요하다고!"

"막연한 걸 좇지 말고 확실히 눈에 보이는 걸 얻는 게 나아! 게다가 이 차는 지금 아니면 싸게 살 수 없다니까?"

이번 다툼은 결혼한 이래 가장 큰 싸움이 되었다. 두 사람 모두 견해차를 좁히지 않던 와중에, 문득 남편이 둘째 아기를 바라보며 말했다.

"아 그래! 그러면 저번처럼 내기로 정해. 둘째가 아빠를 먼저 말하는지 엄마를 먼저 말하는지로. 나도 저번에 독서 모임 계속 나갔어. 알지?"

"좋아! 대신 결정된 이후로 불만 없기다? 괜히 비꼬거나 그러지 말고 어른스럽게 수긍하는 거야."

"알았으니까 당신도 그렇게 해."

부부는 눈에 불을 켜고 둘째에게 덤벼들었다.

"서아야! 아빠! 아빠! 아빠 해봐. 아아빠!"

"서아야 엄마! 엄마 엄마! 어엄마!"

부부는 둘째에게서 거의 떨어지지 않고 앵무새처럼 엄마, 아빠를 되풀이해 말했다. 첫째 때 취미를 정하는 내기와는 차원이 달랐다. 엄마 아빠 한마디에 너무 큰 게 달려있었다. 웃음기 없는 필사적인 싸움이었다. 이윽고 며칠 뒤, 둘째가 말했다.

"아바. 아바바바 아빠!"

"그렇지! 서아야 아빠야! 아빠 맞아! 당신 들었지? 아빠 들었지?"

"…."

"차 사는 거다! 약속대로 불평하지 말고 어른스럽게! 당신이 말한 거야! 알았지?"

"알았어 좀!"

*

"이혼하자."

건조하게 내뱉은 아내의 말에 남편은 즉답했다.

"못 해."

"이혼해."

"못 한다니까!"

삭막한 분위기 속, 건넛방에서 갓난아기의 울음소리가 들려오지만 누구도 들여다보지 않았다. 아내는 굳은 얼굴로 남편에게 쏘아붙였다.

“나도 당신을 못 믿고 당신도 나를 못 믿는데, 같이 살 이유가 있어?”

“난 아니야. 난 당신이랑 달라. 난 아무 일도 없었어.”

“웃기지 마. 내가 바람피웠다고 멋대로 오해해 놓고, 복수하겠답시고 딴 여자 만난 사람 말을 내가 어떻게 믿어?”

“내가 당신이랑 같은 줄 알아? 그 새끼랑 바람…!”

“이혼해 그냥! 복잡하게 언성 높일 필요가 뭐 있어? 이혼하자고 이혼!”

“못 해! 안 해!”

부부는 잡아먹을 듯한 눈빛으로 서로를 노려보았다. 잠깐의 침묵 뒤, 아내가 나직이 말했다.

“내기로 해.”

“뭐?”

아내는 셋째 아이의 울음소리가 나는 쪽을 가리키며 말했다.

“내기로 정하자고. 이혼할지 말지.”

“뭐라고? 무슨 그걸!”

“당신 차 살 때 내가 한마디라도 했어? 이번에도 내기로 깔끔하게 결정해.”

“좋아. 내가 이기면 다시 이혼 이야기 꺼내지도 마. 만약 당신이 이기면…. 그래, 당신 말대로 이혼해.”

부부는 셋째 아이에게로 향했다. 웃음기라고는 전혀 없는 표정으로.

"아빠! 아빠! 아빠라고 해 아빠!"

"엄마! 아가, 엄마야 엄마! 엄마!"

부부는 아기의 얼굴에 자신의 얼굴을 가까이하고 외쳤다. 아이의 울음이 더 커질 만큼 두 사람의 표정은 무서웠다.

셋째가 말을 하기까지는 시간이 꽤 걸렸다. 그 긴 시간 동안 그들의 가정에 웃음이라곤 없었다. 서로 대화도 없이, 들려오는 말은 "아빠"와 "엄마"뿐이었다. 첫째와 둘째도 대부분 조부모님 댁을 전전했다. 이혼한 것보다 못한 관계가 이어지던 어느 날, 남편이 포기하듯 말했다.

"그래, 이혼하자. 당신이 정 소원이라면 이혼하자고."

한데, 아내는 고개를 저었다.

"아니, 이혼 안 해."

"뭐?"

"지금 당장은 이혼 안 한다고."

"무슨 말이야 그게?"

"내기를 다시 해. 이긴 사람이 애들 양육권을 가져가는 거야. 셋째가 엄마를 먼저 말하면 양육권을 내가 가지고, 아빠를 먼저 말하면 당신이 가지는 거야. 그때 이혼해."

"뭐?"

"진 사람은 애들한테 평생 접근하지 마. 애가 학교에 들어갈 때도, 결혼할 때도, 죽어서도, 절대!"

흔들리는 눈으로 아내를 바라보던 남편은 이를 악물고 고개를 끄덕였다.

“좋아. 죽을 때까지 영원히 애들에게 접근하지 마!”

내기에 합의한 둘은 경쟁적으로 셋째에게 달라붙었다.

“아빠! 아빠 해봐 아빠! 아빠랑 살고 싶지? 아아빠! 아빠!”

“아니야, 엄마! 엄마 해야지 엄마! 우리 아기 엄마랑 살고 싶으면 엄마 해야 해!”

“무슨 소리! 아빠랑 살아야지! 아빠! 아빠! 아빠!”

“엄마! 엄마! 엄마!”

부부의 모습은 누가 볼까 무서울 정도로 비정상적이었다. 광기 어린 모습으로 “엄마”와 “아빠”만을 외치는 그들에게 아기가 들려줄 수 있는 것은 공포심 가득한 울음뿐이었다.

그날 밤. 아기가 홀로 잠든 고요한 방의 문이 슬며시 열렸다. 남편이 눈치를 살피며 들어왔다. 그는 아기를 머리맡에서 내려다보며 잠든 아기에게 속삭였다.

“엄마. 엄마. 엄마. 엄마….”

한참을 중얼거린 남편이 떠난 뒤, 새벽녘 다시 한번 아이의 방문이 조용히 열렸다. 무표정한 얼굴로 다가온 아내는 아기의 귓가에 속삭였다.

“아빠. 아빠. 아빠. 아빠….”

세상모르게 잠든 아이는 사랑하는 부모님의 꿈을 꾼다.

히어로와 빌런은 절대 서로를 죽이지 않는다

안녕하쇼. 내 친구 닉을 소개할까 해. 하하하. 맞아, 닉. 닉은 좋은 놈이지. 빨간 머리에 키가 크고 마른 친구야. 그렇게 잘생긴 얼굴은 아닌데, 주근깨를 빼면 피부는 좋아. 나이는 스물다섯이고, 서점 직원이지. 처음에 녀석을 만났을 때는 대학생이었는데, 좋은 데 취직하지는 못했나 봐. 그 서점 월급이 영 시원찮다고 들었거든. 요즘 누가 책을 보나? 어쩔 수 없는 일이지.

놀라운 사실 하나를 말하자면, 닉의 꿈은 시인이야. 내 주변에 시인이 꿈인 사람은 닉이 최초라고. 알잖아? 내가 하는 일이 전부 부수고 망가뜨리고 그런 거니까. 시보다는 시체랑 더 친한 놈들만 주변에 득실거리지. 아무튼, 닉은 착해. 맞아, 정말 착해. 아무리 나라도 인정할 수밖에 없어. 닉과 내가 어떻게 처음 만났는지 알아?

이건 말해줄 수밖에 없지. 꼭 필요한 이야기거든.

뉴스를 많이 봤으면 알겠지만, 2년 전에 내가 거대한 프로젝트를 하나 꾸민 게 있어. 그게 성공했다면 정말 멋졌을 텐데. 도심 상공에 호박이 수천 개는 날아다녔을 거 아니야? 빌어먹을 B맨만 아니었어도 성공하는 건데. 망할 자식, 그놈은 현대 미술이란 걸 몰라. 그런 놈이 무슨 도시의 수호자라고. 쯧.

아무튼, 계획 실행 직전에 B맨과 전투가 벌어졌고, 나는 전투기가 폭발하는 바람에 튕겨 나가고 말았어. 그 위치가 어디였는 줄 알아? 태평양 한가운데였다고. 눈뜨면 염라대왕과 인사할 상황이었던 거지. 근데, 깨어나 보니까 누가 날 간호하고 있는 게 아니겠어? 바로 닉이었어.

내가 닉에게 처음으로 한 말이 뭐였는지 알아?

"죽고 싶지 않으면 꺼져!"

그땐 내 상태가 얼마나 심각한지 몰랐거든. 손가락 하나 까딱할 힘도 없다는 걸 알았다면 절대 그렇게 말하지 않았겠지. 근데 닉이 바로 대답하더라.

"죽고 싶지 않으면 닥쳐요."

아, 오케이. 바로 닥쳤지. 그리고 상황을 파악하기 시작했어. 여기가 어딘지는 곧장 알겠더라고. 바다 위, 오래된 배의 선상이었어. 닉이 아버지에게 물려받은 낚싯배였지(지지리 가난한 닉의 유일한 재산이었겠지만, 솔직히 고철값밖에 안 나왔을 거야). 난 상황이 좋지 않다고 생각했어. 나처럼 유명한 빌런을 모를 리가 없잖아? 심지어 난 현상금도 걸려있었다고. 닉의 눈치를 살폈지. 근데 녀석은 내가 상상도 못 한 말을 하더라고.

"병원 가야 해요? 아님, 내버려 두면 초능력 같은 거로 알아서 나아요?"

"나?"

"네."

난 당황했지만, 대답했지.

"충분한 영양 섭취와 휴식만 주어진다면 낫긴 할 텐데…."

내 대답에 닉은 몹시 안도하더라고.

"휴. 다행이네요. 사실 병원에 가기는 좀 어렵거든. 엔진이 고장 나서."

"뭐?"

"당신들이 추락하면서 엔진을 작살냈다고요. 무동력으로 표류 중이에요, 지금."

"오 이런. 태평양에?"

놀랍더라. 자기 배를 망가뜨린 빌런을 이렇게 간호해 주고, 걱정해 준다니? 더 놀라운 게 뭐였는 줄 알아?

"잠깐만, 당신들? 들이라고?"

닉이 내 등 뒤를 가리키는데, 거기에 B맨이 시체처럼 누워있더라고. 나처럼 폭발에 휘말렸던 거지.

"저…! 저 새끼도?"

"네."

"저 새끼 살아있어?"

"네."

"이봐! 날 도와줄 생각 없어?"

“도와줘야죠.”

“그럼 일단 저 새끼를 포박해서, 아니다, 바다에 빠뜨려 버리면….”

“미쳤어요? 바다는 당신을 건지러 간 것만으로도 충분해요. 끌어 올리다가 죽는 줄 알았다고요, 어휴!”

“응?”

“바다에 추락한 당신을 꺼내느라 죽는 줄 알았다고요. 숨이 붙어있는 것 같아서 시도하긴 했는데, 만약 당신이 안 깨어났으면 내 평생 가장 멍청한 짓이었을 거예요.”

그제야 내 눈에 온몸이 젖은 닉의 모습이 보였지. 녀석은 단호하게 말했어.

“빌런과 히어로라고 하나? 당신들 관계를 제가 모르는 건 아닌데, 적어도 이 배 위에서만큼은 휴전이에요. 절대 싸우지 마세요.”

“오, 오케이.”

내게 선택의 여지가 있었겠어? 손가락 하나 움직일 힘도 없는데. 그리고 솔직히 말해서, 좀 신선했어. 날 대하는 닉의 태도가 말이야. 난 흉악한 빌런이잖아? 근데 내가 살아있길 바라고, 걱정해 주고, 구해준다고? 심지어 목숨까지 걸고서 말이야.

그래서 가만히 있긴 했지만, 안심하진 않았어. B맨이 깨어나면 상황이 달라질 거로 생각했거든. B맨은 히어로잖아? 보통 웬만하면 히어로의 말을 듣는다고. 시민은 히어로의 편이니까. 그런데 B맨이 깨어났을 때, 난 닉의 태도에 또 놀라야 했어.

"이 배에서는 절대 휴전이에요. 누가 누군가를 제압한다거나 그런 일은 있을 수 없어요. 이 배의 목적은 오직 회복과 생존이에요. 그 점을 약속해 주세요. 둘의 목숨을 내가 구했으니까, 이 정도 권한은 제게 있다고 생각해요."

B맨은 당연히 날 못 미더워 했지.

"난 약속할 수 있지만, 저놈을 믿을 수 있겠는가?"

난 이례적으로 맹세란 걸 했어.

"이봐! 내가 아무리 미쳤어도 이 상황에서 한 약속은 지켜! 아버지의 이름을 걸고 맹세하지!"

"으음."

아버지에 대한 맹세는 B맨도 믿을 수밖에 없었을 거야. 2대째 내려오는 빌런으로서 그것을 어긴다는 건, 내 정체성을 부정하는 것이니까. 그렇게 우리는 배 위에서의 휴전을 약속했어. 다행인 것은, B맨도 나처럼 손가락 하나 까딱할 힘이 없었다는 점이야. 참 다행이지만, 또 불행이었어. 누구도 이 상황을 타개할 힘이 없다는 거니까.

"제 이름은 닉이에요. 편하게 불러주시고요, 우리가 처한 몇 가지 문제를 말씀드릴게요. 일단 먹을 게 없어요. 엔진도 망가졌고, 유일한 연락 수단은 아까 바다에 빠졌어요. 바람마저도 안 불죠? 이 망망대해에서 말이에요."

"최악이군."

정말 최악이란 말이 절로 나오더라. 우리가 이런데, 닉은 어떻겠어? 하늘에서 떨어진 놈들이 멀쩡하던 배를 박살 냈으니, 이게 웬 날벼락이야. 재수도 없는 닉에게 난 물었지.

"아니 근데, 이런 바다에서 혼자 뭘 한 거야?"

"시를 쓰려고…."

"시? 책에 나오는 시? 시인들이 쓰는 그 시? 시를 쓰려고 태평양까지 혼자 나왔다고?"

"아, 뭐요."

"아니, 그냥. 멋져서."

난 닉이 점점 마음에 들기 시작했어. 그건 B맨도 마찬가지인 듯했어. 닉은 내내 나와 B맨을 오가며 간호했는데, 썩 농담을 잘하지 뭐야? 셋이서 시시덕대는 것밖에 할 게 없었거든.

"둘 같은 능력자들도 오줌은 싸네요. 근데 히어로와 빌런의 오줌은 팔면 팔릴 것 같지 않아요?"

"히어로인 내 건 팔릴 만하지."

"놀고 있네."

솔직히 입만 살았고, 이러다 죽겠다 싶은 상황이었어. 그때, 닉이 제안했지.

"조난 상황에서는 인육을 먹는 거 알아요?"

"뭔 개소리야?"

"두 사람이 빨리 회복해야만 어떻게든 살 가능성이 있겠다 싶어서요. 초능력 같은 거 있잖아요."

"근데?"

"살점을 뜯어 주겠다는 건 아니고. 제 피를 좀 마셔볼래요? 피에도 영양이 있잖아요. 어느 나라는 국도 끓여 먹던데."

정말 놀랍게도 닉은 희생을 자처한 거야. 그것도 냉철하게.

"객관적으로 둘 중 한 명이 회복되어야 한다면, 당신이죠. 충분한 영양 섭취와 휴식만 있으면 몸이 나아진다고 했죠? 당신이 회복하면 물고기 같은 것도 잡을 수 있을 거고요."

"그건 그렇지만, 내가 회복하기 전에 네가 먼저 쓰러져 죽을 수도 있어."

"그럼 그건 자살이죠 뭐."

닉은 주저 없이 손가락 끝에 피를 냈어. 세상에, 내가 남자의 손가락을 소중히 빨게 될 줄은 몰랐지. 결과적으로 말하자면, 닉의 희생 덕분에 나도, B맨도, 모두가 다 살았어. 태평양을 빠져나오게 된 날, 난 닉에게 진심으로 말했어.

"이봐, 닉. 넌 이제부터 내 친구야. 그건 이제 누구도 널 함부로 할 수 없단 말이지."

"됐네요, 이 사람아. 누구 앞길을 망치려고 빌런이랑 친구를 하래."

"뭐?"

닉은 맞받아쳤고, B맨이 끼어들었지.

"하하하하! 현명한 판단이다. 이봐 닉, 그러면 B맨의 친구라는 타이틀은 어떤가?"

"그것도 됐네요. 누구 앞길을 망치려고."

"응?"

"B맨 친구 해봤자 인질이나 되겠지."

"아…!"

친구를 제안한 우리 둘에게 닉은 웃으며 말했어.

"그냥 사람 대 사람으로 친구면 몰라도, 히어로와 빌런의 친구는 싫네요."

"아 그래? 그럼 그러지 뭐. 사람 대 사람으로 친구 하자고 닉."

"저놈이랑 친구가 되는 걸 추천하진 않지만, 그렇다 해서 내가 너의 친구가 아닐 순 없지. 넌 내 친구다 닉. 사람 대 사람으로."

그렇게 난 내가 죽도록 싫어하는 B맨과 한 명의 친구를 공유하게 된 거야. 착한 시인 지망생, 닉 말이야. 당연하겠지만, 그렇다고 해서 내가 B맨과 친구가 된 건 절대 아니었어. 닉 또한 그런 점은 아예 말조차 꺼내지 않았지. 그게 내가 닉을 좋아하는 이유야. 쿨해.

나와 B맨의 관계는 예전과 변함이 없었어. 지긋지긋한 싸움 말이야. 그건 절대 타협의 여지가 없는 투쟁이었지만, 딱 한 가지. 닉과 관련된 암묵적인 룰은 존재했어. 내가 가끔 사복을 입고 닉과 시간을 보내는 날이 있었는데, 아마 B맨도 나처럼 사복을 입고 닉과 시간을 보내는 날이 있었겠지. 나도 B맨도, 그날은 절대 건드리지 않았어. 비겁하게 닉을 이용해서 상대의 정체를 밝힌다거나, 교란한다거나 하는 것 말이야. 정말, 당연한 일이었지.

아! 내가 닉과 시간을 보내는 날을 B맨은 좋아했으려나? 도시가 평화로운 날이었을 테니까. 아니다, 이렇게 말하니까 좀 그렇네. 닉이 도시의 평화를 위해 날 만나는 건 아니었으니까. 닉이 날 컨트롤하거나 교화하려 들었다면 얼마나 재미가 없었을지!

닉이 멀쩡한 시민이 아니라서 참 다행이야. 둘 중 하나라고 생각하는데, 뉴스를 안 보고 살거나, 이 도시가 날아가든 말든 상관없거나.

닉과 어울려도 내 정체성에 문제는 없었어. 난 여전히 예전과 같은 수준으로 이 도시의 혼돈을 추구했으니까. 나처럼 자의식이 강한 사람은 누군가를 변하게는 해도, 누군가에 의해 변하진 않는 법이잖아?

근데…. 아주 사소한 예외는 좀 있었던 것 같아. 내가 추구하는 예술 행위에 영향을 주진 않을 정도의 사소한 예외. 한번은 내가 센트럴 호텔을 폭파하려고 한 적이 있었거든? 거기 회장이 가식적인 게 마음에 안 들어서 말이야. 그때 어김없이 B맨이 등장해 나를 막아서기에 무기를 드는데, 정색하고 말하더라.

"이봐! 닉이 여자친구한테 프러포즈한다고 예약한 호텔이 센트럴 호텔 아니었나?"

"오 그래? 그건 몰랐지."

그래서 뭐, 타깃을 웨스트 호텔로 바꾸기로 했어.

"돈도 없는 놈이 좋은 데 예약했네? 여기일 거라고는 상상도 못 했는데."

"그러니까 말이다. 경품이라도 당첨된 건가?"

"그런 운이 있는 놈이냐 걔가. 아무튼 뭐, 불쌍한 닉의 프러포즈를 망칠 순 없지. 폭탄은 회수하도록 하겠다."

"그러시든가"

B맨도 내 말을 믿는지, 두말하지 않고 가더라? 그래놓고 내가

테러하면 어쩌려고? 물론, 그럴 생각은 없었어. 여기가 무너지면 닉의 프러포즈 예약금도 날아가는 거고, 그 돈이 환불이나 잘 될는지 모르니까. 닉의 한 달 월급을 생각하면, 어휴! 빌어먹을 호텔 놈들이 별것도 없으면서 비싸기는 더럽게 비싸. 이래서 없애 버려야 한다니까. 아무튼, 어떻게 보면 닉 때문에 내 계획을 수정하게 됐지만, 큰 문제라고 생각하진 않았어. 센트럴이나 웨스트나, 어떻게든 메시지만 전해지면 되니까.

이런 사소한 일은 몇 번 더 있었어. 가령, 갱단 애들 부추겨서 은행을 털 때 말이야.

"뭐? 인질 중에 반스 시인이 있다고?"

인질에 예외를 둘 순 없지만, 반스 시인은 좀 걸리는 거야. 닉이 가장 존경하는 양반이거든. 저 양반이 죽으면 닉이 엄청 낙담할 텐데, 이 미친 갱단 놈들이 인질을 다루는 꼴을 보면, 어휴! 그래서 어쩔 수 없이 은행 밖에서 대치 중인 B맨에게 쪽지를 날렸어. 물론, 사람들 눈이 있으니까 공격으로 가장해서.

"내 신형 무기를 실험해 볼까? 종이 바주카포다 이 녀석아!"

[10분 뒤 반스 시인을 몰래 3층 화장실로 보낼 테니까, 티 내지 말고 조용히 구출해 가라.]

쪽지를 확인한 B맨도 미세하게 고개를 끄덕이더라. 난 그걸 보고 들어가서 반스 시인을 3층 화장실에 처박았지. 10분 뒤에 B맨이 반스 시인만 구출해 갔는데, 이런 빌어먹을 자식이! 그걸 이용해 먹은 거야! 아니 글쎄, 반스 시인을 구해준 답례로 책에 친필 사인을 받았더라고! 얼마 뒤가 닉의 생일이었거든.

어이가 없더라. 나는 구하느라 생각도 못 하고 있었는데, 누구는 이렇게 날로 먹어? 닉이 그 사인본을 받으면 펄쩍 뛰면서 기뻐할 게 빤했다고! 어찌나 화가 나던지, 그날 은행털이가 실패한 것보다 그게 더 화가 나더라. 그래서 뭐, 별수 있나? 아프리카 차드까지 갔지. 닉이 존경하는 다른 시인의 사인을 받으러 말이야. 어휴, 개고생했어. 한 열흘 걸렸나? 돌아오니까 내가 죽었다는 소문이 나있더라. 내가 고작 열흘 동안 안 보였다고 말이야. 멍청한 것들.

바로 내 존재감을 드러내줬지. 타깃은 진작에 정해져 있었어. 선박회사 세븐 스타. 그 회사의 모든 배 바닥에 별 모양 구멍을 일곱 개씩 뚫어줄 생각이었는데, 이런 빌어먹을! 계획이 새어 나간 거야! B맨이 부둣가에 벌써 나와있더라고. 다짜고짜 주먹을 내밀길래, 놈한테 말했지.

"혼자 왔어? 한 시간만 늦게 오지 그래?"

"미친놈이 며칠 잠잠하다 했더니. 헛소리 마라."

"자살한 닉의 아버지 말이야. 닉의 아버지에게 선박 사기를 친 놈이 세운 회사가 세븐 스타라는 건 알아?"

"뭐? 그게 여기라고?"

B맨은 잠깐 고민하다가 주먹을 내리더라고. 그리고 먼 곳을 보며 혼잣말하더라.

"아 참. 9번가에 급한 사건이 있었지. 거길 먼저 해결하고 오는 게 좋겠어. 대충 한 시간쯤 걸리겠는데."

B맨이 떠난 뒤, 난 신나게 구멍을 뚫었지. 세븐 스타 로고 모양

으로 뚫는 게 까다롭긴 했지만, 한 시간도 안 걸렸어.

뭐, 이런 식이야. 나도 B맨도, 닉과 관련된 일에 아주 사소한 예외를 두는 정도라고 할까? 절대로 B맨과 내가 양보할 일은 없지만, 친구인 닉에게 피해가 가지 않아야 한다는 건 암묵적인 약속인 거지.

사실은 딱 한 번 흔들린 적이 있어. 솔직히 그럴 수밖에 없었지. 누구든 10년을 준비한 계획을 포기해야 한다면, 흔들릴 수밖에 없지 않겠어? 내 빌런 활동의 모든 목적은 오직 그 일을 위해서라고 봐도 무방해. 질서를 가장한 인간들의 가식을 벗기는 일 말이야.

10년이 걸린 그 계획의 이름은 '고담 딜레마'였어. 난 10년간 이 도시에 존재하는 모든 시민의 성향 데이터를 모았지. 어떤 참사에 얼마만큼 분노하고, 얼마만큼 덜 분노하고, 혹은 얼마만큼 기뻐하는지를 말이야.

고담 시민들에게 살인 예고장을 보냈어. 그 예고장에는 그들이 살고 싶으면 선택해야 할 딜레마가 적혀 있었어. 각자에 맞춰서 아주 적절하게 그들의 민낯을 드러낼 수준의 딜레마로 말이야. 내 계획이 성공한다면, 그날 밤 시민의 선택으로 최소한 1000명이 목숨을 잃게 될 예정이었어. 교도소의 범죄자, 기업가, 노숙자, 이민자, 독거노인, 정치인 등등을 포함해서 말이야.

근데 문제가 생겼지. 명단에 닉의 여자친구 일가족이 있었던 거야!

닉은 단 한 번도 나를 빌런으로 대한 적이 없었지만, 그날 처음으로 빌런인 나에게 부탁했어.

"그 일을 그만둬 줘. 부탁이야."

난 심각하게 고민했어. 10년이 걸린 원대한 계획을 닉 때문에 취소해야 할까? 사실은 다 장난이었다고 발표하며 한낱 광대가 되어야 할까? 어려웠어. 취소한다면 빌런으로서의 명성을 잃게 되고, 취소하지 않는다면 친구 닉을 잃게 되겠지.

"…."

긴 고민 끝에 난 선택했어. 역시, 닉의 인생을 망칠 순 없다고 말이야.

모든 계획을 취소하고 시원하게 불꽃놀이나 터트렸지. 허탈하긴 했지만, 후회하진 않았어. 닉의 일이니까. 닉은 그럴 가치가 있는 사람이니까. 닉은 내 친구니까.

자, 이 정도쯤 되면 닉이 어떤 존재인지는 충분히 소개됐지? 그러니까 시민들은 내 분노를 이해해야 해.

내가 왜 B맨을 죽였는지 말이야.

모든 건 멍청한 B맨이 빌런 레몬 스컬에게 닉과의 관계를 들켜버린 것에서 시작됐어.

레몬 스컬은 닉과 대통령을 동시에 납치했고, 단 한 명만을 구할 수 있도록 B맨에게 정보를 주었지. 그에게도 나와 같은 상황이 들이닥친 거야. 히어로로서의 정체성을 잃든가 친구 닉을 잃든가. 그래서, B맨은 무슨 선택을 했지? 누구를 구했지?

그는 닉을 버렸어. 질서를 위해 대통령을 구한답시고 닉을 버렸다고. 친구가 아닌 히어로를 선택했다고.

얼마나 어렵게 내린 결정이었는지는 나도 알아. 불살인 그가 레몬 스컬을 죽였으니까. 하지만 난 그를 용서할 수 없었어. 이 이야기를 들었으니까 이해하겠지?

이게 바로 내가 B맨을 진짜로 죽인 이유, 히어로와 빌런 놀이의 마침표를 찍은 이유야.

돈 나오는 버튼을 누를 것인가

이 나라의 부모는 일찌감치 아이에게 교육한다.

"나쁜 사람이 되면 안 돼. 좋은 사람이 되어야 해. 알았지?"

부모님의 당부에 김남우는 고개를 끄덕였지만, 아직 어린 그에게는 조건 반사에 가까운 행동일 뿐이다. 그래도 부모님은 계속해서 말했다.

"살면서 남에게 피해를 주지 말고. 법을 잘 지키고."

"내가 아프면 남도 아픈 거야. 절대 다른 사람을 상처 입히면 안 돼."

"정의로운 일에 찬성하고 부정한 일에 반대할 줄 아는 사람이어야 해."

"내 욕심으로 누군가에게 피해를 주면 그건 정말 나쁜 사람이란다. 그러면 안 돼."

하나하나 주옥같은 말들에 거듭 고개를 끄덕이던 김남우는 무심결에 물었다.

"근데 왜?"

부부는 잠시 서로 눈을 맞춘 뒤, 김남우를 보고 말했다.

"왜라니? 그건 당연한 거란다. 좋은 사람이 되어야 하는 건 이유가 없이 당연한 거야."

"우리가 네 엄마 아빠이고 네가 우리 아들인 것처럼 아주 당연한 거야."

"그렇구나."

부모는 이해했다는 듯 웃는 김남우의 머리를 쓰다듬었다.

김남우는 부모의 바람대로 잘 자랐다. 아닌 건 아니라고 말할 줄 아는 정의감이 있었고, 남에게 피해를 주는 행동을 절대 하지 않았고, 이기적이지 않은 성품으로 친구들에게도 인기가 많았다. 그런 김남우가 열아홉 살이 되었을 때, 예기치 못한 시련이 찾아왔다. 정신을 잃었다가 깨어난 김남우는 낯선 공간에 덩그러니 놓여있었다.

"뭐, 뭐야?"

주변을 둘러보며 당황하는 김남우에게 하얀 가운을 입은 여성이 다가왔다.

"깨어나셨어요? 저기 앉아서 순서를 기다리시면 됩니다."

"아니, 무슨…."

"나가는 문은 저쪽이고요, 순서가 되면 한 분씩 나가시면 됩니다."

"네?"

김남우는 어떻게 된 일인지 물어보고 싶었지만, 그녀는 바쁜 듯 다른 곳으로 향했다.

"거기! 순서를 지키세요! 화장실은 나가서 해결하시고요!"

그녀가 바삐 자리를 옮기자, 김남우는 어쩔 수 없이 그녀가 안내한 줄 끝으로 향했다. 긴 복도식 공간에는 벽을 따라 벤치가 놓여 있었다. 의자 끝 쪽에 있는 유일한 문을 통해 한 명씩 순서대로 들어가는 모습이 보였다. 의자에 앉아있는 또래들의 표정을 보면 모두 김남우와 비슷한 일을 겪은 것 같았다. 김남우는 어색한 자세로 의자 끝에 걸터앉으며 옆 사람에게 물었다.

"저기요, 이게 뭐죠?"

"저도 몰라요. 정신을 차려보니까 뭐…."

"아 네."

김남우는 불안했다. 납치당한 것 같은데, 이거 위험한 상황 아닌가? 그는 문밖으로 뛰쳐나가고 싶었지만, 질서 정연하게 앉아있는 다른 이들의 모습을 보니 그럴 수 없었다. 그가 학교에서 가장 많이 들은 이야기가 말 잘 듣고 질서 있게 움직이라는 거였다. 어정쩡하게 불안에 떠는 사이 줄은 한 칸씩 줄어들었다. 이윽고 김남우의 차례가 왔다.

"다음 사람 들어오세요."

하얀 가운을 입은 여자를 따라 들어간 문 너머에는 한 노인이 책상을 두고 앉아있었다. 노인의 뒤쪽으로 문이 하나 있었는데, 출구 표시가 눈에 들어왔다. 노인은 웃으며 김남우에게 말했다.

"금방 끝나니까 잠깐 앉아서 선택하고 집에 가게나."

"아 네…."

김남우가 맞은편에 앉자, 노인이 책상 위 빨간 버튼을 가리키며 말했다.

"이 버튼을 누르면 한 사람이 죽는다네."

"네?"

"사형 집행 버튼과 같다고 생각하면 돼. 버튼을 누르면 누군가 죽지. 이걸 자네가 눌러줬으면 하네."

당황한 김남우의 두 눈이 커졌다.

"왜요?"

"왜긴. 자네 손을 빌려서 우리 죄책감을 덜자는 거지. 우리는 절대 손에 피를 묻히면 안 되거든."

"대신 사람을 죽이라고요?"

"물론, 공짜로 해달라는 건 아니야. 대가를 주겠네. 자네가 이 버튼을 누르기만 하면 100만 원을 주지."

"네?"

노인은 품에서 5만 원권 스무 장을 꺼내 빨간 버튼 옆에 내려놓았다.

"자네가 선택하게. 이 버튼을 누르고 이 돈을 가져가든가, 아니면 그냥 나가든가. 간단하지?"

김남우의 시선이 돈뭉치로 옮겨갔지만, 몸은 의자에서 반쯤 일어난 상태였다.

"안 누를 거면 그냥 나가면 돼요?"

"그렇지. 잠깐만, 나가기 전에 하나만 물어보지. 왜 안 누르는 건가?"

"한 사람이 죽는다면서요?"

"근데? 대신 자네는 100만 원을 벌지 않나."

"어떻게 내가 돈 100만 원 벌자고 사람을 죽여요."

김남우는 눈치를 보며 일어나 나가려고 했다. 그때, 노인이 손을 들며 막았다.

"잠깐만. 그러면 1000만 원으로 하지."

노인은 품에서 5만 원권 뭉치를 더 꺼내려고 했다. 그럼에도 김남우는 고개를 저었다.

"죄송한데 저는 못 해요."

"잠깐. 잠깐만. 일단 앉아보게."

김남우가 주춤거리며 앉자, 노인은 책상 서랍을 열며 말했다.

"1000만 원도 안 한다는 거지? 그러면 1억 원은 어떤가? 버튼만 누르면 1억을 들고 나갈 수 있어."

책상 위에 쌓이는 돈다발을 보며 김남우의 눈이 휘둥그레졌다. 살면서 이렇게 많은 현금을 본 적이 없었다.

"1억 원이야. 에어팟, 노트북, 롱패딩, 다 마음대로 살 수 있고, 매일 치킨을 시켜 먹어도 13년을 먹고, 짜장면이 2만 그릇이다. 버튼을 누르면 다 그냥 네 거야."

김남우의 눈동자가 사정없이 흔들렸다. 욕심이 날 수밖에 없었다. 얼마간 갈등한 김남우는 끝내, 고민을 털어버리며 고개를 저었다.

"아무리 그래도 사람을 죽일 순 없어요."

그가 자리에서 일어나려 할 때, 노인이 책상 서랍에서 돈을 더 꺼냈다.

"5억."

"네?"

"마지막 제안이야. 버튼을 누르면 5억 원이다. 이대로 그냥 그대로 들고 나가면 돼."

책상 위에 5만 원권이 가득했다. 김남우는 숨이 멎을 듯 놀란 얼굴로 눈을 떼지 못했다. 갈등하는 김남우에게 노인이 상체를 가까이하며 말했다.

"자네보다 먼저 들어온 사람들은 어떻게 했을 것 같나?"

"아…!"

"이거 하나만 말해주지. 100만 원에도 누른 사람이 한둘이 아니야."

김남우는 조금 놀랐지만, 개의하지 않고 의자에서 일어났다.

"이러시는 걸 보니 진짜로 사람이 죽을 것 같네요. 그러면 저는 정말 못 해요."

"잠깐! 10억! 10억 원을 주지."

"헉!"

노인은 책상 밑에서 가방 하나를 꺼내 열었다.

"버튼을 누르고 그냥 이 가방을 들고 나가면 돼. 간단하지?"

김남우는 움직이지 못했다. 10억과 빨간 버튼을 번갈아 보며 입술을 깨물었다.

"그래도…. 사람이 죽는데…."

"무슨 상관인가? 자네가 10억을 버는 게 중요하지!"

"으…."

괴로울 정도로 갈등하던 김남우는 눈을 질끈 감았다.

"못 합니다! 저는 역시 못…."

"20억!"

노인이 가방 하나를 더 올려놓았다. 김남우는 할 말을 잃었다. 노인은 팔짱을 낀 채 의자에 몸을 묻어버렸고, 김남우는 가방만 바라보았다. 긴 침묵 끝에 갑작스러운 소리가 들려왔다.

'탁!'

버튼을 누르는 소리다. 김남우는 버튼을 누른 뒤, 가방 두 개를 들고 빠른 걸음으로 방을 빠져나갔다. 문을 열고 나가자 넓은 운동장이 보였다.

"아?"

마치 운동회처럼 수많은 학부모와 학생들이 모여있었다. 그 가운데서, 김남우의 부모님이 달려왔다.

"남우야!"

그들은 김남우의 손에 든 가방을 바라보며 기쁘게 물었다.

"얼마까지 올렸어? 그 가방에 얼마 들었니? 얼마야?"

"20억…. 근데 뭘 올렸다고?"

어리둥절한 김남우를 본 부부의 반응이 엇갈렸다.

"세상에 장하다 우리 아들!"

"장하기는! 몇 번만 더 버텼으면 100억까지도 올랐을 텐데!

내가 다른 사람한테 피해 주지 말라고 그렇게 교육했는데!"

"됐어! 저기 다른 애들은 100만 원도 있어! 20억 원이면 훌륭하지!"

주변을 둘러보니 부모님에게 혼나고 있는 아이들투성이다.

"고작 100만 원에 사람을 죽여? 사람 목숨을 뭐라고 생각하는 거냐! 우리가 너를 그렇게 가르쳤냐! 나가 죽어 이 새끼야!"

"우리가 이날을 위해서 인성 교육을 얼마나 시켰는데! 어? 인성 교육에 들어간 비용이 얼만데 1000만 원에 홀라당 넘어가?"

"도덕을 그렇게 가르쳤는데도 고작 1000만 원이냐! 우리 목표는 50억 원이었다고!"

김남우는 혼란스러워하며 물었다.

"이, 이게 다 뭐예요?"

"뭐기는, 국가 복지 시스템이지."

"복지요?"

"그래. 정말 멋진 시스템이지 않니? 도덕적인 사람일수록 버튼을 쉽게 안 누를 거 아니야. 착할수록 더 큰 돈을 벌게 되는 셈이지. 자자, 일단 입금하러 가자 남우야."

미간을 찌푸린 김남우는 부모님을 따라나서며 물었다.

"고작 돈 때문에 누군가를 죽여선 안 된다는 제 가치관은 결국 돈을 더 벌기 위해서 길러진 거예요? 사람이기에 당연한 일이 아니라?"

불만스러운 김남우의 말에 부모님은 어깨를 으쓱하며 말했다.

"아무렴 어때? 그렇게 세상 사람들이 다 도덕적으로 성장하면 그걸로 좋은 거 아니니?"

김남우는 인상을 찌푸리다 말고 모호한 표정을 지었다. 그게 옳은지 어떤지, 이제는 아무것도 알 수 없었다.

사라져라

대형서점 행사 무대에 두 작가가 올라왔다. 유수의 국제 문학상을 수상한 국내 최고의 소설가 정재준, 작품보다는 정재준의 30년지기 친구로 더 유명한 소설가 김남우다. 스포트라이트를 한 몸에 받고 있는 정재준 옆에 김남우가 뻘쭘하게 앉아있다. 정재준은 사람들을 향해 외쳤다.

“김남우 작가의 스릴러 대작 『사라져라』가 드디어 나왔습니다! 자, 모두 어서 책을 구매하시고 사인받아 가시지요. 세기의 대작입니다. 저 정재준이 보장합니다. 정말 시간 가는 줄 모르고 보실 겁니다. 세기의 대작!”

김남우는 정재준의 저 입을 틀어막고 싶었지만, 그러지 못했다. 애초에 정재준이 아니었다면 그가 이런 사인회를 할 수조차 없었다.

“오! 많이들 구매하시는군요. 탁월한 선택입니다. 저 정재준이 보장하는 명작이니까요. 어서 줄을 서시죠! 세기의 명작입니다!"

김남우는 얼굴이 화끈거렸지만 참았다. 정재준이 자신을 골탕 먹이려는 게 아니라, 진심으로 자신을 위해서 하는 행동이란 걸 알기 때문이다. 정재준은 유명해진 뒤로 어딜 가나 김남우를 언급했다. 가장 친한 친구가 본인처럼 잘되기를 바라면서 말이다.

하지만 김남우는 오래전부터 이미 재능의 차이를 느껴 좌절했었다. 인정하긴 싫지만, 자신은 죽어도 정재준처럼 될 수 없다는 걸 알았다. 그동안에는 알량한 자존심으로 정재준의 도움을 철저하게 거절해 왔는데, 이제는 그럴 수 없었다. 이혼을 앞두고 큰 돈과 명성이 필요해졌기 때문이다. 이혼 후에 중학생 딸을 데려오려면 경제력과 돈이 필요했다. 그에게 딸 진주는 삶의 전부였다. 진주를 위해서라면 자존심이든 뭐든 다 버릴 수 있었다. 그래서 처음으로 그가 정재준에게 먼저 도움을 요청한 것이다. 항상 그를 도와주고 싶어 안달이 나있던 정재준은 반색하며 이런 자리를 마련해 주었다.

"『사라져라』는 무조건 100만 부 갑니다! 훗날 1쇄에 사인 받으신 걸 감사해할 겁니다! 그럼 영광의 첫 사인을 시작해 볼까요?"

정재준의 진행 속에 김남우는 사인을 시작했다. 사람들에게 사인할 기회가 없었던 터라, 그의 사인은 몹시 간단했다. 누구누구님께, 사인, 날짜, 그리고 '행복하세요'라는 문구까지. 사인은 한 사람당 30초가 채 걸리지 않았다. 대면 시간이 짧아도 사람들은 딱히 불만이 없었다. 애초에 사람들은 김남우가 아니라 정재준을 보기 위해 온 것이니까. 아무리 형식적인 자리라고 해도 김남우가 독자에게 가진 감사의 마음은 진심이었다. 어쨌든 그들은 자신의 책을 구매해 주었고, 읽어줄 테니 말이다. 심지어 그는 점점 기분이 좋아지는 걸 느꼈다. 그렇게 오랜 시간 작가 생활을 하면서도 오늘처럼 많은 사인을 해본 적은 처음이었다. 무엇보다, 그 자리에 따라온 진주의 표정이 그를 기쁘게 했다.

"아빠 파이팅!"

조용히 다가와 커피를 건네는 진주의 눈빛에는 분명 아빠를 자랑스러워하는 마음이 담겨있었다.

"그래. 진주야. 고맙다."

김남우는 진주를 위해서라도 열심히 사인에 임했다. 그동안 딸에게 보여주지 못했던, 자랑스러운 아빠의 모습을 보여주고 싶었다. 내내 밝게 웃었고, 점점 더 사람들과 대화가 많아졌고, 익숙해지자 사인 문구를 묻기도 했다.

"'행복하세요' 말고 원하는 문구 있으세요?"

"로또 당첨되라고 써주세요."

"하하. 네. 당첨되실 거예요."

김남우는 '행복하세요' 대신 다양한 문구를 쓰기 시작했다. '수능 대박 나세요', '부자 되세요', '성공하세요' 등등. 이윽고 마지막 차례가 왔다.

"안녕하세요. 성함이 어떻게 되시죠?"

"도은숙이요."

"네. 도은숙 님."

책에 독자의 이름, 사인과 날짜까지 쓴 김남우는 고개를 들고 웃으며 물었다.

"뭐라고 써드릴까요?"

"음. '사라지세요'라고 써주세요!"

"네? 아! 책 제목. 하하하. 알겠습니다."

김남우는 웃으며 고개를 숙였고, 사인 마지막에 '사라지세요'를 쓴 다음 고개를 들었다.

"감사합니…. 어?"

김남우는 어리둥절한 얼굴로 주변을 둘러보았다. 바로 앞에 있던 여자가 사라진 게 아닌가.

"도은숙 씨? 도은숙 씨?"

김남우는 주변을 둘러보며 그녀를 불렀지만, 어디에도 그녀의 흔적이 보이지 않았다. 처음에는 장난이라 생각했지만, 시간이 지나도 그녀가 나타나질 않자 당황했다.

"아빠! 끝났어?"

"어? 어, 진주야. 끝났는데…. 잠시만."

김남우는 옆에서 서점 직원과 대화 중이던 정재준을 향해 물었다.

"재준아! 이 책 사신 여자분 못 봤어?"

"몰라. 무슨 여자분? 이제 사인 끝났어?"

"아니, 분명 마지막 사인을 해달라는 분이 계셨는데…."

그는 사인한 책을 보며 중얼거렸다.

"도은숙…."

"남우야 고생했다. 다 같이 저녁 먹으러 갈 생각인데, 괜찮지? 진주도."

"어어. 그래."

김남우는 결국 서점 직원에게 도은숙의 책을 맡기고 자리를 떴다.

*

"네? 벌써 2쇄를요?"

출판사와 통화를 마친 김남우는 무척 놀랐다. 자신의 책이 2쇄를 찍다니. 이게 정재준이 도와준 결과란 말인가. 정재준은 정말 작정하고 김남우의 책을 홍보했다. 각종 방송에 출연하는 유명 작가 정재준의 힘은 정말 놀라웠다. 김남우가 평생 판 것보다 더 많은 책을 곧 팔 것 같았다. 김남우는 고마우면서도 씁쓸했다. 정재준을 향한 열등감을 다 버린 줄 알았는데, 아니었다.

그때, 멀리서 정재준이 김남우를 불렀다.

"남우야 사인할 시간 다 됐어! 어서 와!"

"어어. 그래."

"자식, 내가 책 많이 팔아 놓았으니까 팔 아플 각오 해라!"

김남우는 정재준의 곁으로 가 걸으며 새삼스레 물었다.

"재준아. 너는 왜 이렇게 나를 도와주니?"

"뭐? 친구 사이에 그런 질문이 어디 있어? 네가 잘되는 게 내게도 기쁨이지 인마! 솔직히 네가 이렇게 적극적인 게 반가우면서도 다시 변할까 두렵다 난. 너 돈 많이 벌어서 네 딸 진주랑 맛있는 것도 많이 먹고, 잘 살아야 할 거 아니야. 알지?"

"그래…. 진주랑 잘 살아야지. 고맙다."

김남우는 오직 진주를 생각하며 사인회 무대로 향했다. 이 두 번째 사인회도 물론 정재준 덕분에 이루어진 자리였다. 자신의 책 『사라져라』를 들고 줄을 선 수많은 사람을 보며, 그는 밝게 웃었다. 이번 책은 꼭 성공해야만 했다.

사인회가 무르익을 무렵, 친구 사이로 보이는 두 여자가 김남우의 앞에 섰다. 둘 중 한 여자가 먼저 책을 내밀며 이름을 말했다.

"유은석입니다."

"네. 유은석 님."

김남우는 이름과 사인, 날짜를 쓰면서 물었다.

"뭐라고 써드릴까요?"

"음. '사라져라'라고 써주세요."

"'사라져라'요?"

잠깐 고개를 들어 그녀를 바라본 김남우는 문득 저번 사인회의 마지막 독자가 떠올랐다.

"네. 그렇게 써주세요."

"아, 알겠습니다."

김남우는 고개를 숙여 '사라져라'를 쓴 다음 고개를 들었다.

"감사합…. 어?"

김남우는 놀란 얼굴로 얼른 주변을 둘러보았다. 여자가 감쪽같이 사라졌다. 이렇게 짧은 순간에 어떻게? 김남우는 유은석의 친구에게 물었다.

"저기! 친구분은요?"

"네?"

"함께 오신 친구분이요."

"네? 저 혼자 왔는데요?"

"예? 아니, 유은석 님이요. 유은석 씨와 함께 오셨잖아요."

여자는 무슨 말을 하느냔 표정으로 말했다.

"유은석이요? 모르는 이름인데요."

"네? 아니, 함께 오셔서 계속 얘기하고 그러셨는데…."

"무슨 말씀이신지…."

어리둥절한 여자의 모습에 김남우의 두 눈이 흔들렸다. 그는 손에 든 『사라져라』를 바라보았다. 가장 앞장에 적힌 유은석의 이름까지도.

"이게 도대체 무슨 일일까…."

김남우는 이 상황을 이해할 수 없었지만, 사인을 기다리는 줄이 길었다. 그는 다시 사인을 시작했다. 그러나 그의 머릿속은 온통 사라진 여자에 관한 생각뿐이었다. 벌써 두 번째로 경험한 이 이상한 사건에 대해서 말이다.

*

김남우는 어제 집으로 가져온 사인본을 보면서 생각에 잠겼다. 설마, 말도 안 되는 일이 벌어지는 걸까? 책 제목처럼 정말로 사라진단 말인가? 만약 다음에도 사라지라는 문구를 써서 사인했을 때 같은 일이 벌어진다면…. 복잡한 표정의 김남우는 책을 내려놓고 집을 나섰다. 오늘은 출판사 미팅이 있었다. 그가 출판사에 도착했을 때, 맞이해준 마케터의 표정은 밝았다. 다만, 그의 입에서 나온 말은 달갑지 않았다.

"책이 정말 잘 팔립니다. 이게 다 정재준 작가님 덕분입니다. 그러게 진즉에 정재준 작가님 도움을 받으셨어야 한다니까! 제가 뭐라고 했습니까?"

김남우의 표정에 불편함이 비쳤다. 그런데도 그는 계속 정재준 타령을 이어갔다. 그 타령은 강압적인 요청으로 끝났다.

"그래서, 이번에 정재준 작가님이 나가는 지상파 예능에 김 작가님도 넣어 주십사 방송국에 부탁해 주셨으면 합니다."

"예? 그건 너무 민폐인데…."

"민폐요? 지금 작가님이 민폐를 따질 처지입니까? 이제 자존심 버리실 때도 됐잖습니까?"

직원의 나무라는 듯한 그 말에 김남우의 표정이 딱딱하게 굳었다. 안 팔리는 책을 계속 내줘서 고마운 출판사이긴 하지만, 유일하게 이 직원만 정말 싫었다.

"작가님. 사람이 체면만 차리고 살 순 없습니다. 현실적으로 말하는 겁니다."

"…."

"부탁하실 거죠? 그렇죠?"

김남우는 입을 열지 않았지만, 고개를 끄덕이는 것으로 답하며 자리에서 일어났다. 김남우의 표정은 굳어있었지만, 직원의 얼굴은 환했다.

"하하. 감사합니다. 참, 작가님. 오신 김에 저도 책에 사인 좀 해주시죠. 사인을 안 받았네요."

『사라져라』를 내미는 직원을 보며 김남우는 움찔했다. 그는 다시 천천히 자리에 앉아 책과 펜을 받아들었다. 책 앞장에 직원 이름, 사인, 날짜까지 쓴 다음, 마지막 문구에서 고민했다. '사라져라'를 시도해 볼 것인가? 그게 정말로 효과가 있는지 확인해 볼 것인가? 눈엣가시 같은 바로 이 마케터에게?

김남우는 물었다.

"뭐라고 써드릴까요?"

"아무렇게나 좋습니다."

"그럼 '사라져라'라고 써드릴까요? 책 제목 말입니다."

"그것도 좋습니다."

김남우는 펜을 든 손을 잠시 머뭇대다가 '사라져라'라고 썼다. 사인을 마친 그가 고개를 들었을 땐 회의실 안에 아무도 없었다.

"아…."

김남우는 흔들리는 눈으로 주변을 둘러보다가 천천히 회의실 밖으로 나갔다. 아무 일도 없었던 것처럼 일하는 출판사 직원들의 모습이 보였다. 그들 중 한 명에게 다가간 김남우가 조심스럽게 물었다.

"저기, 유도식 마케터님은 어디 가셨습니까?"

"네? 누구요?"

"유도식 마케터님 말입니다."

"마케터 유도식? 우리 회사에 그런 직원은 없는데요? 다른 출판사와 착각하신 게 아닐까요?"

"아…. 네."

김남우는 놀라움을 감추며 유도식의 자리로 가보았다. 조금 전까지만 해도 분명 유도식의 책상과 의자가 있었던 그 자리에는 커다란 화분이 놓여있었다.

*

김남우는 이 사태를 어느 정도 파악했다. 자신의 책 『사라져라』에 사인할 때 이름과 함께 사라지라는 말을 쓰면 사라진다. 죽는 게 아니라, 애초에 이 세상에 존재하지 않았던 게 되어서 완전히 사라지는 것이었다. 부모는 그를 낳은 적도 없고, 학교는 그가 다닌 적도 없고, 그가 남긴 모든 흔적이 다 없던 사건이 되는, 죽음보다도 더 지독한 일이었다.

김남우는 왜 자신에게 이런 능력이 생긴 것인지 두려웠다. 하지만 무수한 활용법이 떠오르는 것을 속일 순 없었다. 그는 집에 있던 책에 아동 성범죄자의 이름을 쓴 뒤 '사라져라'라고 적어보았지만, 그렇게 해서는 사라지지 않았다. 살생부 같은 능력이 아니란 건 조금 실망스러웠지만, 그래도 활용 조건이 어렵지는 않았다. 만약 사라지길 원하는 사람이 있다면, 책을 선물한 뒤 '사인해 드릴까요?' 한마디면 되는 것 아니겠는가.

"이 세상에서 사라지게 하고 싶은 사람이라…."

김남우는 가장 먼저 이혼 분쟁 중인 아내 홍혜화가 떠올랐다. 한때는 그가 가장 사랑했던 여인이지만, 지금은 그가 세상에서 가장 증오하는 여인이다. 하지만 이내 고개를 저었다. 아내 홍혜화가 사라진다면, 그녀가 낳은 딸도 사라지지 않겠는가?

"흐음…."

김남우는 홍혜화 말고 딱히 없애고 싶은 사람이 없었다. 물론 그의 인생에 나쁜 인연이 없었겠느냐마는 그렇다고 그 존재 자체를 없애고 싶을 정도는 아니었다. 분명 신과 같은 능력인데, 사용할 곳이 없다니. 김남우는 차라리 이걸 소재로 소설이나 써볼까 하는 생각을 했다. 한데 그런 생각은 무시무시한 상상으로 이어졌다.

'한 소설가가 사라진다면 그가 쓴 소설은 세상에 발표되지 않았던 것이 된다. 그 소설을 기억하는 건 오직 나뿐이다.'

정말 악한 생각이지만, 떨쳐낼 수 없는 유혹이었다. 만약 정재준이 사라진다면? 정재준의 명작들을 모조리 김남우의 이름으로 발표할 수 있었다. 국제 문학상을 수상한 그 소설까지도 전부! 김남우의 심장이 미친 듯이 뛰기 시작했다. 그는 애써 세차게 고개를 흔들었다. 정재준은 평생 그를 도와준 친구였다. 제대로 된 밥벌이도 못 하는 자신이 여태 굶어 죽지 않은 건 정재준이 챙겨주었기 때문이 아닌가. 자존심 때문에 직접적인 도움은 받지 않았지만, 정재준이 수입이 되는 일들을 연결해 준 사실을 외면할 순 없었다. 그렇게 고마운 친구를 이 세상에서 없앤다는 건 인간의 탈을 쓰고 할 짓이 아니었다.

김남우는 그 불순한 생각을 떨쳐버리기 위해서 작가의 자존심을 동원했다. 자신도 명색이 작가다. 성공하고 싶어서 작가가 된 게 아니라 내 글을 쓰고 싶어서 작가가 된 것이었다. 남의 글을 내 글인 척 발표한다는 것은 자기 인생을 부정하는 행위다. 성공은 『사라져라』로 하면 된다.

김남우는 그렇게 각오를 다잡았지만, 현실은 녹록하지 않았다. 정재준이 그렇게 도와주었는데도 책 『사라져라』는 더 이상 팔리지 않았다. 김남우는 자신의 재능이 부족함을 또 한 번 느끼며 절망했다. 거기에 더해, 이혼 문제가 그를 심하게 압박했다. 아내와 양육권 문제로 매일이 전쟁이었다.

"당신이 기르면 애 굶어 죽어! 알아? 당신이 번 돈으로 우리가 여행 한 번 제대로 해본 적 있어? 진주는 무조건 내가 데려가."

"웃기지 마. 네 잘못으로 이혼하는데 무슨 낯짝으로 그딴 말을 해!"

"잘못은 무슨 잘못! 그리고 최소한 당신보다는 내가 더 많은 걸 해줄 수 있어. 우리 진주 거지처럼 키우지 않을 거라고."

"그 남자 돈으로?"

"뭐? 누가 소설가 아니랄까 봐, 어디 끝까지 망상해 봐! 내가 살면서 제일 후회하는 게 뭔 줄 알아? 대학 때 당신 만난 거야. 내가 눈이 삐어서 나 좋다는 재준 씨 버리고 당신 만난 거 말이야. 이렇게 재능 없는 인간인 줄도 모르고, 국제 문학상 작가를 놓쳤네 정말!"

"너…!"

김남우는 정말 지긋지긋했다. 당장이라도 이 여자와 헤어지고 싶었지만, 딸의 양육권이 넘어갈까 봐 두려웠다. 책이 성공했다면, 자신이 인지도 있는 작가였다면 그런 걱정은 안 해도 됐을 텐데. 누구라도 딸은 아빠가 키워야 한다고 손을 들어줬을 텐데….

점점 초조해진 김남우는 그 불순한 생각을 다시 고려하게 되었다. 아내가 비교한 말이 그를 자극했을는지도 모른다. 정재준은 자신에게 고마운 친구이지만, 열등감의 원천이기도 했다. 스스로 솔직해질 필요가 있지 않을까? 정말로 나는 정재준을 친구라고 생각할까? 사실은 증오하고 있지 않나? 이대로 아무것도 못 하고 딸을 빼앗길 것만 같은 불안감이 김남우의 판단에 영향을 줬다. 작가로서 자존심이 딸보다 중요한가? 친구가 딸보다 중요한가? 친구가 딸보다 중요한가? 딸을 위해서 못 할 일이 뭐가 있을까! 김남우는 정재준의 글을 훔치기로 했다. 모든 것은 오직 딸을 위해서라는 명목으로.

*

김남우는 정재준의 모든 소설을 기억에 의지해 써보았다. 그는 과거에도 정재준의 소설을 필사한 적이 있었다. 들켰다가는 차라리 자살하는 게 나을 만큼 수치스러운 비밀이지만, 그는 언제나 정재준처럼 되고 싶었다. 그 소설들이 모두 내 소설이 된다니, 손이 저절로 움직였다. 완성된 소설은 정재준의 소설과 거의 일치했다. 밤을 새워가며 정재준의 소설을 달달 외운 김남우는 정재준을 카페로 불러내 책 한 권을 건넸다.

"재준아. 그래도 네 덕에 3쇄는 찍었다. 3쇄본 선물해 주고 싶어서 가져왔다."

"3쇄가 끝이 아니야 인마! 어쨌든 고맙다."

"사인해 줄게."

"그래, 좋지."

김남우는 도로 받은 책의 앞장을 펼쳐 사인을 시작했다. 이름, 사인, 날짜, 그리고 마지막 문구.

"여기 '사라져라'라고 써줄까?"

"좋지. 안 그래도 요즘 마감 때문에 사라지고 싶은 심정이다 인마. 하하."

"그래."

펜을 잡은 김남우의 손에 힘이 꽉 들어갔다. 몇 초 동안 그의 손은 움직이지 않았다. 갈등이 가득한 듯, 찌푸린 눈으로 책을 노려보던 그는, 고개를 들었다. 의아하게 바라보는 정재준을 향해 김남우가 물었다.

"너 새로 쓰는 소설 원고…. 얼마나 썼지?"

"응? 글쎄, 이제 중간쯤 썼나?"

"그거, 나 좀 보여줄 수 있을까? 아니, 아니다. 괜찮아."

혼잣말처럼 중얼거리다가 고개를 흔든 김남우는 펜을 움직였다. '사라져라'. 침묵이 흘렀다. 김남우는 숨소리가 들리지 않음을 깨닫고 고개를 들어 아무도 없는 빈자리를 확인했다. 김남우의 손이 떨렸다. 그는 핸드폰을 꺼내 포털사이트에 '정재준 작가'를 검색했다. 없었다. 정재준이라는 사람은 이 세상에 존재하지는 않는다. 이어서, 국제 문학상을 받은 정재준 작가의 소설 제목을 검색했다. 없었다. 떨리는 긴 숨을 내뱉은 김남우는 출판사로 전화를 걸었다.

"편집자님? 제가 다른 스타일로 써본 장편소설이 있는데, 잘 쓴 것 같습니다. 처음으로 자신 있게 말할 수 있습니다. 잘 쓴 소설입니다."

*

모두가 퇴근한 시각, 출판사의 불이 환하다. 회의실에 모인 임직원들이 김남우에게 칭찬을 쏟아냈다. 이윽고 출판사 대표가 진지한 얼굴로 김남우에게 말했다.

"김 작가도 내가 허튼소리 안 하는 거 알지? 처음에 박 실장이 이거 좀 보라고 했을 때는 별 기대 안 했는데, 내가 진짜 오후 내내 이것만 봤어. 전 직원이 일 때려치우고 이걸 봤다니까? 물론, 만장일치로 극찬이 쏟아졌고! 어떻게 이런 작품을 썼나? 내가 장담하는데, 이 작품으로 김 작가 올해 상 좀 탈 거야!"

"그 정도입니까?"

"내 30년 경력을 걸고 장담해. 그래서 말인데, 이 소설 다른 곳에는 보여준 적 없지?"

"예. 낸다면 여기서 낼 생각입니다."

"고마워! 내가 약속할게, 우리 출판사는 올해 이 소설에 모든 걸 걸 거야. 그리고 이건 손볼 곳도 없이 완벽해서 보름 안에 낼 수 있어. 내 생각에는 그래도 될 것 같은데, 어때?"

"알겠습니다."

"좋아! 진짜 행복하구먼! 아니, 어떻게 이런 명작이 나왔어? 이거 참, 김 작가가 다시 보이네. 이런 재능을 그동안 왜 그렇게 꼭꼭 숨겨둔 거야?"

"…."

김남우는 복잡한 표정으로 계약서에 사인했다. 출판사를 나선 그는 멍한 얼굴로 밤하늘을 올려다보았다. 그가 평생 꿈꿔왔던 미래가 펼쳐지려 하는데, 이걸 기뻐해야 할지 슬퍼해야 할지 알 수 없었다. 울적함을 달래고 싶었던 김남우는 진주에게 전화를 걸기 위해 핸드폰을 꺼냈다. 한데, 핸드폰의 통화 기록이 초기화된 듯했다. 흔한 오류인가 싶어서 외우고 다니던 딸의 전화번호로 전화를 건 김남우는 당황했다.

[지금 거신 번호는 없는 번호입니다. 다시 확인하시고 걸어주세요.]

"뭐야?"

김남우는 다시 전화를 걸어보았지만 같은 응답만 되돌아왔다. 주소록 그 어디에도 사랑하는 딸의 번호는 없었다. 얼른 사진첩을 열어보았지만, 진주의 사진도 모조리 삭제되어 있었다. 온몸이 덜덜 떨리기 시작한 김남우는 황급히 아내에게 전화를 걸었다.

"당신! 우리 딸, 우리 딸 진주 지금 어디 있어? 어?"

[뭐야? 무슨 헛소리야?]

"우리 딸! 김진주! 진주 어딨느냐고!"

[진주가 누군데? 갑자기 무슨 소리야? 우리가 딸이 어디 있어?]

"뭐?"

김남우의 심장이 덜컹 내려앉았다.

"진주 말이야 진주! 우리 딸 진주!"

[술 마셨어? 딸 낳고 싶으면 일찍 들어오든가.]

"제발! 진주 몰라? 김진주!"

[어휴, 술 깨고 전화해. 끊어!]

김남우는 미칠 것 같았다. 핸드폰으로 문자 내역을 검색하고, 딸의 SNS에 들어가 봐도 아무런 흔적이 없었다. 말 그대로 딸은 사라졌다. 그동안 사라졌던 그들처럼. 그는 미친 사람처럼 길 한복판에서 고래고래 악을 질러댔다. 출판사 건물에서 직원들이 깜짝 놀라 뛰쳐나올 정도였다.

"김 작가! 무슨 일이야 김 작가!"

"안 돼! 아아아악!"

김남우는 울며불며 그들에게 물어보았지만, 김 작가에게 딸이 있었느냐는 대답만 돌아왔다. 완벽하게 딸은 이 세상에서 존재하지 않았던 인물이 되어버렸다. 까무러친 김남우는 다음 날 병원의 새하얀 천장 아래서 눈을 떴다. 아내 홍혜화가 걱정스러운 표정으로 곁을 지키고 있었다.

"당신 괜찮아?"

"…."

"내가 얼마나 걱정한 줄 알아? 갑자기 무슨 일이야 당신."

울먹이는 홍혜화의 모습은 김남우가 기억하던 그 악랄한 여자가 아니었다. 김남우는 눈물을 주르륵 흘리며 힘없이 물었다.

"진주는…. 우리 딸 진주는 없는 거지?"

"무슨 소리야 어제부터 자꾸. 우리가 딸이 어디 있냐고. 당신 괜찮아?"

김남우는 이 현실을 이해할 수가 없었다. 왜? 도대체 왜? 천벌을 받은 것인가? 결국 그 능력의 끝은 비극으로 결정되어 있던 건가? 모든 게 무기력해진 김남우는 하염없이 눈물만 흘렸다. 그때, 부드러운 손길이 그의 손을 감싸 쥐었다.

"당신 혹시 이번 소설이 잘 안 된 것 때문에 그런 거야? 괜찮아. 당신 소설이 얼마나 좋은지 내가 잘 알아. 책이 좀 안 팔리면 어때. 난 당신이 자랑스러워."

김남우는 낯선 홍혜화의 모습을 멍하니 바라보았다. 이 여자가 왜 이렇게 따뜻한가? 어째서? 진주가 존재하지 않았던 일로 우리 부부 사이의 역사도 달라진 것일까? 그 순간, 김남우는 반사적으로 홍혜화의 두 손을 뿌리쳤다.

"너…! 너…!"

김남우의 입술이 부들부들 떨렸다. 그는 깨달아버렸다. 모든 걸 깨달아버렸다. 왜 아내와 그렇게 사이가 좋지 않았는지, 왜 정재준은 항상 자신을 도와주려 안달이었는지, 왜 진주는 존재하지 않았던 사람이 되었는지, 그 모든 진실을.

알려주는 크레파스

33살 모태솔로 홍혜화. 그녀는 이번 소개팅에 사활을 걸었다. 그동안 자신이 왜 소개팅에 실패했는지는 잘 알고 있었다. 여중, 여고, 여대, 직장까지 여자뿐인 회사를 다니며 남자 경험이 부족했던 그녀는 소개팅만 나가면 쫄보가 되곤 했다. 이번만은 달라야 했다. 이번 소개팅마저 실패하면 그녀의 인생에 더 이상 남자는 없을 거라고 각오를 다졌다. 다행히 소개팅남과의 메신저 대화도 잘 맞았고, 사진도 교환하며 서로 호감을 확인했다. 상대방이 마음에 들었던 그녀는 이미 2세 계획에 노후 계획까지 머릿속으로 짜놓은 상황이었다. 그런데 하필, 무심코 보게 된 텔레비전 프로그램의 타이틀이 그녀의 쫄보 기질을 되살리고 말았다.

[내 남자의 두 얼굴! 데이트 폭력!]

"으으!"

이성과의 관계가 서툰 홍혜화는 남자에 대한 막연한 공포감이 있었다. 물론 반대로, 남자에 대한 막연한 환상도 있었다. 그렇다면 이 사람은 어떨까? 주말이면 만나게 될 소개팅남, 김남우 말이다. 홍혜화는 김남우의 사진과 카톡 대화를 보면서 김남우를 상상했다. 턱선이 살아있는 얼굴형은 남자다운 인상이었고, 일자로 다문 입술과 깊은 눈매는 진중한 느낌을 주었다. 카톡 대화 말투는 단답형이 많아 어딘가 과묵할 것 같았다. 하지만 겉으로 보이는 게 전부는 아닐 것이다. 사람 속은 알 수 없으니까.

"그래, 괜찮은 사람일 거야. 아무나 소개해 줬겠어?"

홍혜화는 애써 고개를 끄덕거리며 끔찍한 텔레비전 채널을 돌려버렸다.

[평범한 줄만 알았던 남편이 사실은 살인범? 두 얼굴의 남편!]

"이건 또 뭐야!"

울상이 된 홍혜화는 텔레비전을 꺼버리고 외투를 챙겨 입었다. 단 음식이 당겼다. 바람도 쐴 겸, 동네 편의점이나 갔다 오기로 했다. 그녀는 길을 걸으면서도 온통 소개팅 생각에 빠져 땅을 보고 있었는데, 눈앞에 불쑥 전단지를 든 손이 튀어나왔다.

"앗, 깜짝이야!"

깔끔한 양복 차림의 사내가 반달 눈웃음을 지으며 부드럽게 말했다.

"그 사람이 어떤 사람인지 궁금하지 않으십니까?"

홍혜화는 얼떨결에 전단지를 받아 들었다. 전단지에는 귀여운 악마 캐릭터와 함께 문구가 적혀있었다.

[상대방에 대한 16가지 이야기! 제대로 알려드립니다!]

홍혜화는 속으로 '이게 도대체 뭐야?'라고 생각했고, 의아한 얼굴로 사내를 보았다.

"우리 고객님, 궁금한 사람이 있으시죠? 그 사람이 어떤 사람인지 걱정되시죠? 알고 싶으시죠? 그 궁금증을 채워드립니다! 만족도 높은 서비스!"

마치 쇼핑 호스트처럼 주절대는 사내의 모습에 홍혜화는 경계심이 들었다. 그를 게걸음으로 피하며 발길을 재촉했다.

"됐어요!"

"언제라도 찾아주세요!"

사내의 목소리를 등 뒤로 하고 자리를 피한 홍혜화는 별걸 다 본다는 듯 인상을 찌푸렸다. 받은 전단을 앞에 보이는 쓰레기통에 버려야겠다고 생각했는데, 전단에 적힌 약도가 편의점 2층인 게 아닌가? 그녀는 도대체 뭐 하는 곳인가 간판이라도 보고 올 요량으로 편의점으로 향했다.

'으잉?'

2층 계단 옆 가게의 간판에는 상호 대신 추억의 16색 크레파스가 그려져 있었다.

"와. 저거 진짜 갖고 싶었던 건데!"

옛 추억이 떠오른 홍혜화는 자기도 모르게 홀린 듯이 계단을 올랐다. 그녀가 2층 문 앞에 서자마자 누군가 보고 있던 것처럼 안에서 목소리가 흘러나왔다.

[열려있습니다. 들어오시죠.]

홍혜화는 어딘가 귀에 익은 목소리라고 생각하며 문을 열었다. 문 너머에는 조금 전 길에서 만난 양복 차림의 사내가 책상 앞에 앉아 있었다. 사내는 부드러운 미소로 환영하며 자리에 앉기를 권했다.

"어서 오세요. 이리로 앉으시죠."

홍혜화는 혼란스러웠다. 어떻게 나보다 먼저 여기에? 그녀는 찜찜한 얼굴로 사내 앞에 앉았다. 사내는 책상 위에 양팔을 괸 채로 눈웃음을 지었다.

"그래, 궁금하신 분이 계신 거죠?"

홍혜화는 경계심 어린 목소리로 물었다.

"그게…. 도대체 무슨 뜻이에요? 혹시 뭐 흥신소 같은 곳이에요?"

사내는 대답 대신 빙긋 웃으며 책상 서랍에서 '그것'을 꺼냈다. 낡은 16색 크레파스. 홍혜화가 어린 시절에 봤던 옛날 그대로의 모습을 한 오래된 크레파스였다. 사내는 크레파스를 가리키며 말했다.

"이 크레파스는 알려주는 크레파스입니다. 한 가지 색깔이 하나의 정보를 알려줄 겁니다."

"네?"

홍혜화는 그게 무슨 뜬금없는 이야기냐는 듯 눈썹을 찌푸렸다. 사내는 말없이 옛날 스케치북을 꺼내서 홍혜화의 앞에 펼쳐 놓았다.

"처음 한 번은 공짜로 해드리죠. 그분을 생각하면서 원하는 색깔을 집어보세요."

홍혜화가 이해할 수 없다는 표정으로 사내를 쳐다보았지만, 사내는 가만히 웃기만 했다. 어쩔 수 없이 홍혜화는 손을 뻗어 분홍색 크레파스를 집어 들었다. 한데 그 순간, 그녀의 두 눈이 휘둥그레졌다.

'어? 어어어어?'

크레파스를 든 홍혜화의 손이 제멋대로 움직이며 스케치북 위에 글씨를 써 내려가는 게 아닌가.

[김남우는 초등학교 3학년 때, 동네 여탕을 훔쳐보려다 걸려서 벌을 받은 적이 있다.]

홍혜화는 이 신비한 현상에 경악했다.

"이, 이게 어떻게 된 일이에요? 뭐예요 이게?"

"음. 간단하게 마법이라고 생각하시면 어떠실지? 혹은 초능력? 외계인의 기술? 악마와의 거래? 하하하."

"예? 아니…."

홍혜화는 어이가 없었지만, 사내가 말한 것들이 사실이 아니라면 손이 저절로 움직인 현상을 설명할 수 없었다. 자신은 저런 문구를 쓰려고 한 적도, 생각해 본 적도 없었다.

"세상에…. 아니 그럼 이 내용이 진짜예요? 그 남자가 여탕을 훔쳐보려다 걸렸다고요?"

"예. 모두 사실입니다. 이 16색 크레파스는 실제 그분에 대한 이야기로 가득 채워져 있습니다."

"이런?"

홍혜화는 김남우에게 실망했다. 여탕을 훔쳐보려다 걸렸다니? 도덕성이 없는 인간인가? 홍혜화는 김남우에 대한 환상이 조금 깨진 걸 느꼈다.

"어렸을 때니까 말입니다."

"음."

홍혜화는 애써 고개를 끄덕인 뒤, 남은 15색 크레파스를 보았다. 사내는 빙그레 웃으며 말했다.

"이제부터는 요금이 붙습니다."

"얼만데요?"

"1000원!"

"1000원요?"

너무 저렴한 가격에 홍혜화의 얼굴이 밝아졌다. 하지만 남자의 말이 이어졌다.

"1000원부터 시작해서 두 배씩 올라갑니다."

"1000원부터 두 배씩?"

홍혜화는 선뜻 내키지 않았지만 1000원부터 두 배씩이라 해봐야 큰돈은 아닌 듯했다. 소개팅에 나가서 상대방에 대해 제대로 알아볼 자신이 없었던 그녀의 성격상, 반드시 꼭 필요한 크레파스였다.

"1000원 드릴게요!"

"선불입니다."

홍혜화는 얼른 지갑을 열어 1000원짜리 한 장을 꺼내줬다. 그리고 15색의 크레파스 중에 고민하다가 파란색 크레파스를 집어 들었다.

"우와, 와, 와, 와!"

손이 저절로 움직이는 모습을 홍혜화는 신기하게 바라보았다.

[김남우는 대학 시절, 짝사랑하던 여자가 바다에 빠져 허우적대는 걸 보았지만, 수영을 못해서 뛰어들지 않고 다른 사람이 구하는 걸 지켜만 보았다.]

"뭐야아?"

홍혜화의 표정이 모호해졌다. 정보가 정말 미묘했다. 단순히 생각하면 수영을 못한다는 정보겠지만, 신경 쓰이는 부분도 있었다.

'혹시 내가 물에 빠져도 뛰어들지 않을 거란 말인가?'

홍혜화는 잠시 더 생각에 잠겨있다가, 지갑에서 2000원을 꺼내 사내에게 건넸다.

"하나 더요. 색깔은…."

크레파스들을 보며 고민하던 홍혜화는 빨간색 크레파스를 집어 들었다.

"우와!"

홍혜화는 저절로 움직이는 손이 아무리 봐도 신기했다. 한데, 문장을 확인한 순간 그녀는 두 눈을 부릅뜰 수밖에 없었다.

[김남우가 스물여덟 살에 만났던 여자친구는 살해당해 죽었다.]

"살해라고?"

홍혜화의 얼굴이 순식간에 창백해졌다. 낮에 보았던 텔레비전 프로그램들의 제목이 갑자기 떠올랐다.

"뭐, 뭐예요? 이 남자가 죽인 거예요?"

"그야 모르죠? 우리가 알 수 있는 건, 그의 여자친구가 살해당해 죽었다는 사실뿐입니다."

"네? 아니 그럼 왜, 왜 이런 걸 알려주는 거예요? 이유가 있을 거 아니에요!"

사내는 어깨를 으쓱하며 고개를 흔들었다.

"이유는 없습니다. 이 크레파스는 중요한 일이든 사소한 일이든, 상관없이 알려줍니다. 뭐 어쩌면 빨간색이 가진 뉘앙스 때문에 그런 정보가 나왔을지도 모르겠네요. 핏빛이잖습니까? 하하하."

"윽."

홍혜화는 기분이 찜찜해졌다. 얼른 다른 정보를 보고 싶었다. 그녀는 4000원을 건네고, 노란색 크레파스를 집어 들었다.

[김남우는 계란 노른자를 싫어한다.]

"엑? 이게 뭐야!"

홍혜화가 황당해하자, 사내가 빙그레 웃으며 말했다.

"말했잖습니까? 사소한 일이든 중요한 일이든 상관없이 알려준다고요. 그분과 찜질방에서 계란 먹을 땐 노른자를 독차지할 수 있지 않겠습니까?"

"아니이!"

어이없어하던 홍혜화는 곧바로 지갑에서 1만 원짜리를 꺼내서 녹색 크레파스를 샀다.

[김남우는 주식이 올라 900퍼센트의 수익률을 올렸다.]

"와!"

홍혜화의 눈이 휘둥그래졌다.

"수익률 900퍼센트면…. 와! 돈을 얼마나 번 거야? 대박이네!"

홍혜화의 얼굴이 한층 밝아졌다. 그게 자신의 돈도 아니었지만, 그래도 이번 크레파스의 내용은 마음에 들었다. 기세를 몰아 그녀는 또 황금색 크레파스를 구매했다.

[김남우의 신용도는 항상 최상급이고, 누군가에게 빚을 진 적도 없고, 보증을 선 적도 없다.]

"오! 경제관념이 훌륭한 사람이네!"

홍혜화의 표정이 점점 더 밝아졌다. 기뻐하며 다시 지갑을 열던 그녀는 갑자기 멈칫했다.

"아. 3만 2000원이에요?"

"그렇습니다."

"음…. 에잇! 화장품 하나 안 사면 되지!"

가격이 조금 부담되었지만, 홍혜화는 주황색 크레파스를 구매했다.

[김남우는 운전 중에 사람을 친 적이 있다.]

홍혜화의 얼굴이 사정없이 구겨졌다.

"아 뭐야! 사람을 쳤어…?"

홍혜화가 더 찜찜한 건, 그게 가벼운 접촉 사고인지 큰 사고인지, 누구의 과실인지조차 나오지 않는다는 점이었다.

"짜증 나."

정확하지 않으니 판단할 수 없다고 생각하면서도, 교통사고로 사람을 죽인 사람과 연애할 수 있는가 생각해 본다면 그녀는 그럴 수 없었다. 복잡한 표정으로 입술을 깨물던 홍혜화의 시선이 남은 크레파스로 향했다. 이 남자에 대해서 좀 더 알고 싶었다. 남은 색은 9개. 마음 같아선 다 확인해 보고 싶었지만, 가격이 부담되었다. 다시 또 계란 노른자 같은 사소한 이야기가 나온다면 정말 짜증 날 것 같았다.

"그만하시겠습니까?"

사내의 질문에 고민하던 홍혜화는, 에라 모르겠다 하고 내질렀다.

"아 몰라! 마지막으로 한 번만 더! 아 근데, 혹시 카드 돼요?"

"물론입니다."

"예? 무슨 이런 곳에 카드 단말기가 있어요?"

"전단지 못 보셨습니까? 정식 사업장입니다."

"아…. 네."

홍혜화는 6만 4000원을 내고 하늘색 크레파스를 구매했다.

[김남우는 연애 도중 다른 여자에게 한눈판 적이 단 한 번도 없다.]

"오오! 바람은 안 피우는구나!"

홍혜화의 얼굴이 환해졌다. 김남우와 만나면 적어도 여자 문제로 걱정할 일은 없을 것 같았다. 6만 4000원이 전혀 아깝지 않은 정보였다. 흡족하게 고개를 끄덕이던 그녀는 말했다.

"그래도 마지막이 잘 나와서 다행이네요!"

"축하드립니다."

홍혜화는 웃으며 자리에서 일어나려 했다. 한데, 남은 8색의 크레파스가 자꾸만 눈에 들어왔다. 그녀는 다시 고민에 빠졌다. 12만 8000원은 너무 큰 액수였지만, 그래도 한 번만? 정말 마지막으로 한 번만 더?

"하나만 더 보죠!"

"감사합니다."

홍혜화는 살구색 크레파스를 구매했다.

[김남우는 현재 일주일 평균 세 번 성인물을 본다.]

"으악! 악!"

그녀는 정말이지 전혀 알고 싶지 않던 정보였다. 이게 12만 8000원짜리 정보라니? 울상이 된 그녀는 짜증을 냈다.

"이게 뭐야! 아 싫어 진짜!"

"하하하. 건강하다는 증거 아니겠습니까?"

"아 뭐가요!"

홍혜화는 매서운 눈초리로 사내를 쏘아보았고 사내는 움찔하며 손으로 입을 가렸다. 한숨을 쉰 그녀가 의자에서 일어나자, 사내가 손을 내리며 물었다.

"더 안 하고 가십니까?"

"너! 무! 비싸잖아요!"

"그런가요? 하하."

홍혜화는 왠지 얄미운 사내를 노려보다가 돌아섰다. 한데 그녀는 발걸음이 떨어지지 않았다. 움찔거리면서 갈등하던 그녀는 결국, 획 돌아섰다.

"아 씨! 할부 돼요?"

“물론입니다. 무이자 36개월까지 가능합니다.”

25만 6000원을 긁은 홍혜화는 갈색 크레파스를 집어 들었다.

[김남우는 어릴 적 개에 물린 적이 있어서 개를 싫어한다.]

“개를 싫어한다고?”

홍혜화의 얼굴이 찌푸려졌다. 집에 반려견이 있는 그녀에겐 중요한 문제였다.

“아 정말. 취향 차이가 있을 줄은 몰랐네.”

“하하하. 돈값 하는 이야기였습니까?”

사내는 웃으며 물었지만, 홍혜화는 입술을 삐죽거렸다.

“너무 비싸요!”

“그런가요? 하하.”

비싸다고 하면서도, 홍혜화의 시선은 남은 크레파스들을 보고 있었다. 그녀는 미련 가득한 목소리로 물었다.

“저 중에 중요한 이야기가 있을까요?”

“저야 모르죠?”

한숨을 쉰 홍혜화는 머릿속으로 계산을 하며 중얼거렸다.

“36개월 할부가 되면 한 달에 ….”

흔들리는 눈으로 갈등하던 그녀는 결국, 사내에게 카드를 건넸다.

“진짜 마지막으로 하나만 더 살게요.”

“훌륭하십니다.”

홍혜화는 신중히 고민해서 하얀색 크레파스를 집어 들었다. 그 결과는 그녀를 뜨악하게 했다.

[김남우라는 이름은 신분 세탁을 위해 개명한 이름이다.]

"뭐? 신분 세탁? 신분 세탁이라고? 아니, 뭐야 이 남자!"

털썩 주저앉은 그녀의 얼굴이 사정없이 구겨졌다.

"이게 뭐야! 신분 세탁하는 사람은 도대체 뭐 하는 사람인데!"

짜증에 겨워 치를 떠는 홍혜화에게 사내가 위로랍시고 말을 건넸다.

"그래도 만나기 전에 알게 되었으니 얼마나 다행입니까?"

"이익!"

홍혜화는 흉악한 얼굴로 사내를 노려보다 분통을 터뜨렸다.

"이번 소개팅마저 날릴 순 없다고요! 모태솔로로 늙어 죽긴 싫단 말이야 진짜!"

의자 뒤로 넘어갈 것처럼 몸부림치던 그녀는, 갑자기 얼굴을 들이밀며 사내에게 물었다.

"신분 세탁한다고 다 나쁜 사람은 아니죠? 그렇죠?"

"글쎄요. 저야 모르죠?"

"어떤 사정이 있을지도 모르잖아요!"

"그럴 수도 있죠."

"아 씨!"

인상을 찡그리던 홍혜화는 홧김에 말했다.

"하나 더 봐야겠어요!"

"훌륭한 판단입니다."

홍혜화는 카드로 100만 원이 넘는 금액을 긁고서 검은색 크레파스를 집어 들었다.

[김남우는 탈모로 인해 부분 가발을 착용하고 있다.]

"뭐? 대머리야? 대머리였어? 으앙!"

홍혜화는 완전히 의자에 널브러졌다.

"부분 가발이니까, 심한 대머리는 아닐 겁니다."

"그거나 그거나!"

홍혜화는 너무 억울해서 사내에게 소리쳤다.

"이렇게 비싸게 주고 샀는데 이게 뭐예요? 대머리라는 거나 알려주고! 뭐야 이게 진짜!"

"으음. 확실히 너무했군요."

인정한다는 듯이 고개를 끄덕인 사내는 손가락으로 연두색 크레파스를 가리켰다.

"이 크레파스엔 고객님이 마음에 들어 할 이야기가 들어있을 겁니다. 제가 장담합니다."

"정말이에요? 팔아먹으려는 수작 아니에요?"

"절대로요. 적어도 나쁘지 않은 이야기인 건 확실합니다."

홍혜화는 갈등했다. 사실 이대로라면, 주말에 소개팅에 나가더라도 김남우라는 사람이 영 마음에 들지 않을 것 같았다. 아니, 솔직히 취소하고 싶은 마음이 컸다. 한데 저 연두색 크레파스에서 나올 내용이 괜찮다고? 무슨 내용일까? 뭐가 나올까?

"근데 200만 원이 넘잖아요!"

"그렇죠."

"으으…."

입술을 깨물며 한참을 고민하던 홍혜화는 끝내, 호기심에 지고 말았다.

“에라 모르겠다! 긁어요!”

“훌륭한 선택이십니다.”

홍혜화는 아주 천천히 연두색 크레파스를 집어 들었다.

[김남우는 훗날 아내와 세계여행을 떠나기 위해서 따로 저축하고 있는 통장이 있다.]

“와 세계여행?”

홍혜화의 눈이 반짝거렸다. 어렸을 적부터 홍혜화의 꿈이 바로 세계여행이었다.

“와! 나중에 아내와 여행을 떠나기 위해 돈을 따로 모으고 있단 말이야? 멋진 남자잖아!”

“만족하십니까?”

“음….”

홍혜화는 솔직하게 인정할 수밖에 없었다. 이 이야기를 몰랐으면 후회할 뻔했다고 생각했다. 김남우에 대한 호감에 결정적인 역할을 했다. 그녀가 순순히 고개를 끄덕이자, 사내가 은근히 권유했다.

“그럼, 혹시 다른 크레파스들도?”

“됐네요!”

단호하게 박차고 일어나는 홍혜화를 보며 사내는 피식 웃으며 말했다.

“좀 비싸긴 하지요.”

“어휴.”

홍혜화는 뒤늦게 써버린 돈이 떠올라 한숨을 내쉬었다. 하지만 그와 동시에 아직 남아있는 크레파스들이 눈에 밟혀 주춤하기도 했다. 그녀의 시선을 눈치챈 사내가 반색했다.

"오? 한 번 더?"

"아 됐다니까요!"

홍혜화는 질색을 하며 물러났다. 사내는 빙그레 웃었다.

"역시, 사람의 호기심은 무섭죠?"

말을 말자며 고개를 흔든 홍혜화는 푹푹 한숨을 쉬며 인사했다.

"더 있다간 또 무슨 짓을 할지 모르겠네요. 수고하세요."

"하하하. 네, 안녕히 가십시오."

사내는 스케치북을 건네며 홍혜화를 배웅했다. 홍혜화는 가게 문밖으로 나오자 마치 딴 세상에 있다 돌아온 기분이 들었다. 그녀는 곧 자신의 머리를 쥐어박았다.

"멍청이! 얼마를 쓴 거야 도대체?"

집으로 향하는 그녀의 발걸음이 무거웠다. 그나마 위안이 되는 건, 손에 든 스케치북의 글들이었다.

"그래! 이런 정보들을 얻은 게 어디야? 꽤 괜찮은 사람이란 걸 알게 된 것만으로도 충분해! 돈이 아까워서라도, 이 남자랑 결혼까지 하면 되지 뭐!"

홍혜화는 긍정적으로 자기합리화를 하면서 걸음을 재촉했다. 하지만 자꾸만 뒤를 힐끔거렸다.

"하나만 더 사볼걸 그랬나?"

남은 3색의 크레파스가 과연 무슨 내용이었을지, 그녀는 너무

나도 궁금했다.

*

드디어 소개팅 날, 홍혜화는 카페에서 김남우와 마주했다. 그리고 그녀는 지금 극심한 분노로 인해 몸이 부들부들 떨리고 있다. 그녀는 몰랐다. 정말 몰랐다. 김남우가…. 김남우가…. 이렇게나 수다스러운 사람일 줄이야.

“참! 이 얘기도 재밌는데, 제가 국민학교 3학년 때 친구 따라 여탕에 갔다가 걸린 적이 있었거든요? 으하하하!”

“아….”

“참 참! 제 이름이 사실 작년에 바꾼 이름이거든요? 일종의 신분 세탁이랄까요? 이게 어떻게 된 거냐면, 간첩 신고를….” “제가 또 개를 싫어해요! 어렸을 때….” “사실 저는 통장을 하나 따로 만든 게 있는데….” “혹시 주식 하세요? 전 사실 주식 같은 거 안 하는데, 친구 놈이 글쎄 10만 원만 해보라기에….” “혹시, 계란 노른자 좋아하세요?”

“아….”

“그리고 이건 정말 비밀인데, 특별히 홍혜화 씨에게만 말해드리는 겁니다. 여기 이 부분이… 사실 가발입니다! 짜잔! 으하하하! 흉하죠? 스트레스성 탈모라는데. 참, 그리고 제가….”

부들부들 떨던 홍혜화는 속으로 절규했다.

‘그만 말해! 그만 말하라고! 내 돈! 으아악 내 돈!’

같은 시간 편의점 2층. 열심히 이삿짐을 싸고 있는 사내가 귀를 긁으며 중얼거렸다.

"역시 사람에 대해 알고 싶으면 직접 만나봐야지."

복수의 빛기둥

빌딩 옥상에서도 들릴 것 같은 비명이 도심 한복판에 울려 퍼졌다. 소리에 놀라 뒤를 돌아본 사람들은 평생 처음 보는 광경에 두 눈이 휘둥그레졌다. 빛의 기둥이다. 하늘에서부터 새하얀 빛기둥이 한줄기 내리꽂혔다. 문명의 이기로는 설명할 수 없는 빛이었다. 궁금한 얼굴로 빛을 관찰하던 사람들은 그녀를 보게 되었다. 빛기둥 속에 멍하니 서있는 한 여자를 말이다.

모두 주목하는 가운데, 그녀는 한 방향으로 걸음을 옮기기 시작했다. 빛기둥은 그녀를 따라 이동했는데, 마치 돋보기로 검은색 도화지를 지지는 것처럼 닿는 곳마다 연기가 피어올랐다. 혹시 저 빛이 엄청난 고열일까 예상하던 사람들은, 그녀가 주차된 차량을 통과하는 모습에서 경악했다. 타는 과정도 보이지 않을 만큼 깔끔하게 차량의 가운데가 녹아내리는 게 아닌가. 그녀의 앞길에 서있던 사람들은 황급히 옆으로 도망쳤다. 그녀와 빛기둥은 오직 직진만 했는데, 가로막는 모든 것들을 녹여버렸다. 화단은 물론이고 담벼락까지 모두 다. 10분쯤 지났을까? 그녀는 멍한 얼굴로 그 자리에 멈춰 섰다.

이 빛기둥 사태는 순식간에 실시간 속보로 보도됐다. 경찰과 구조대가 출동하고, 방송국 카메라들이 앞다퉈 나타났다. 그렇게 사람들은 몇 가지 사실을 알아내게 되었다. 빛기둥은 끝이 안 보인다는 점, 그녀는 좀비처럼 의사소통이 불가능하다는 점, 주변이 생각보다 뜨겁지 않다는 점, 그러나 빛기둥에 닿는 건 뭐든지 다 증발해 버린다는 점이다. 공권력은 이 빛기둥을 상대로 할 수 있는 게 없었다. 유일한 방법은 기둥 속 그녀와 소통하는 것이겠지만, 그녀는 혼이 나간 듯 멍했다.

다음 날, 그녀는 다시 걷기 시작했다. 사람들은 비명을 지르며 도망쳤고, 그녀가 걷는 방향에 있는 모든 것이 녹아내렸다. 이날 그녀는 자동차 매장 하나와 주차장 하나를 가로지른 뒤 멈춰 섰다. 이 사태에는 어느새 '빛의 순례자'라는 별명이 붙었다. 그리고 드디어 그 순례자의 정체가 밝혀졌다.

"제 딸입니다! 자살한다던 제 딸이 맞다고요! 아이고!"

시골에서 올라온 그녀의 어머니는 통곡하며 그녀의 유서를 꺼내 보였다. 유서에는 A기업의 대표이사에게 성폭행을 당했다는 내용과 죽어서도 복수하겠다는 피의 보복을 다짐하는 글이 적혀 있었다. 그 사실이 알려지면서 사람들은 깨달았다.

"저 방향으로 계속 가면 A기업 본사 빌딩이 나오잖아?"

"맞네! 그럼 A기업 빌딩 녹아내리는 거 아니야? 그게 복수구

먼! 복수의 빛기둥이었어! 이거!"

이 충격적인 사실이 알려진 뒤, A기업은 난리가 났다. 그녀가 하루에 10분씩만 걷는다고 쳐도 사흘이면 빌딩에 도착할 거리였다. 당장 유서에 언급된 대표이사가 사람들 입에 오르내렸다. 공권력도 이례적으로 즉시 수사에 들어가 대표이사의 신병을 확보했다. 빌딩까지 가는 길에 얼마나 중요한 것들이 많은데, 어떻게 해서든 빛기둥의 이동을 막아야만 했다.

다음 날, A기업의 대표이사가 빛기둥 앞에 서게 되었다. 그는 기둥 속 그녀에게 무릎 꿇고 사죄했다.

"죄송합니다! 제 잘못을 모두 인정합니다! 모든 벌을 달게 받겠습니다! 그만 멈춰주십시오!"

그 순간, 처음으로 그녀의 표정에 변화가 일어났다. 분노한 얼굴로 손가락질하자 빛기둥이 순식간에 대표이사에게로 옮겨갔다. 대표이사는 그녀처럼 멀쩡하지 않았다.

"으아아아악!"

대표이사의 몸이 재가 되어 사라지면서 빛기둥도 함께 사라졌다. 지켜보던 사람들은 깜짝 놀랐지만, 아귀가 들어맞는 마무리라고 생각했다. 그 순간, 누군가 외쳤다.

"서, 서쪽에 기둥이 하나 더 올라왔다!"

깜짝 놀란 사람들은 고개를 돌려 먼 하늘을 바라보았다. 두 번째 빛기둥이 선명하게 솟아올라 있었다. 그곳, 두 번째 빛의 기둥 속에는 마흔 살쯤 되어 보이는 남자가 멍하니 서있었다. 그도 얼마 뒤 한쪽으로 걷기 시작했다. 빛기둥과 함께 모든 걸 태우면서 말이다. 첫 번째 사례로 해결 방법을 알아챈 사람들은 얼른 그 남자의 정체를 파악하는 데 힘썼다. 그 결과, 그의 정체와 억울함은 금세 밝혀졌다.

"사기를 당해 평생 모은 재산과 카센터를 잃었다고 합니다."

"사기의 주체는 얼마 전 파산 신청한 K배우라고 합니다!"

"목적지가 K배우의 집이라면, 1킬로미터는 더 걸립니다!"

"세상에! 그 사이에 초등학교도 있어! 난리 났네!"

당연히 사람들은 K배우의 행방을 좇았다. 한데, 그는 사죄할 생각이 없어 보였다.

"저는 이미 파산도 했고, 법적으로 아무 책임이 없습니다. 제가 사기를 쳤으면 교도소에 가 있겠죠."

하지만 빛기둥은 명백하게 그의 집으로 향하고 있었다. 게다가 첫 번째 여자보다 더 빠르고, 더 오래 걸었다. 하필이면 주택가다. 당연히 난리가 났다. 집이 무너지면? 전봇대 전선들이 죄다 끊어지면? 도시가스관이 터지면? 초등학교가 반 토막이 나면?

"K배우가 사과해야 하는 거 아니야? 저걸 저대로 두면 어떡해?"

"아니 근데, 사과하면 죽을 거잖아? 그 대표이사처럼! 사과하라는 건 죽으라는 거 아닌가? 설사 사기가 맞다 해도 그게 사형감은 아니잖아."

"사기로 인해 누군가 죽었으면 그게 살인이고, 사형감이지!"

끝내 K배우는 빛기둥 근처에도 나타나지 않았다. 소방당국이 총출동해서 빛기둥의 길목에 대참사가 벌어지지 않도록 조치하느라 엄청난 혼란이 펼쳐졌다. 그렇게 흘러간 며칠. 긴급 재해 대책반까지 결성하며 피해를 최소화했다지만, 그래도 주택가와 초등학교는 박살이 났다. 그동안 K배우는 세상 모든 욕을 다 먹었다. 그럼에도 불구하고 K배우는 끝까지 빛기둥을 피했다.

빛기둥 속 남자가 K배우의 집에 도착했을 때, 사람들은 제발 모든 게 끝나길 바랐다. 하지만, 빛기둥 속 남자는 방향을 틀어서 다시 걷기 시작했다.

"이럴 줄 알았어! 안 끝난다니까!"

사람들이 예상했던 최악의 결과가 들어맞았고, 심지어 그 방향 또한 최악이었다.

"저 방향이면 속초 아니야? K배우가 도망간 부모님네 집!"

서울에서 속초까지, 상상만으로도 끔찍한 그림이 그려졌다. 그 사이에 있는 주택, 빌딩, 관공서, 도로, 건축물 등등. 정말이지 천문학적인 피해가 예상되었다. 이 정도면 충분히 사회적 패닉을 불러일으킬 만했다.

"K배우를 잡아다 대령합시다! 억지로라도 사과시켜야 합니다!"

"이걸 그냥 둘 생각은 아니겠지? 미치지 않고서야!"

"우리 가게가 무너진다고! 국가가 잡지 않으면 내가 잡아간다!"

전국적으로 K배우를 잡아다 바치자는 여론이 들끓었고, 결국 K배우는 빛기둥 앞으로 끌려오다시피 할 수밖에 없었다. K배우는 빛기둥 앞에서 무릎 꿇고 눈물로 애원했다.

"용서해 주십시오! 제가 정말 잘못했습니다! 제가 모두 다 갚겠습니다. 형님! 형님 가족들께 두 배, 세 배로 갚아서 돌려드리겠습니다! 제발!"

그러나 빛기둥 속 남자는 분노한 얼굴로 손가락질했고, 빛기둥은 K배우에게로 옮겨갔다.

"으아악!"

비명을 지르며 K배우는 재가 되었고, 빛기둥은 사라졌다. 겨우 진정한 사람들은 곧, 누군가의 외침을 들어야만 했다.

"저기 또!"

사람들의 고개가 한 방향으로 돌아가고, 모두가 멀리 떠있는 세 번째 빛기둥을 보게 되었다. 세 번째 빛기둥 속에는 교복을 입은 학생이 멍하니 서있었다. 역시나 그도 한쪽으로 똑바로 걷기 시작했다.

"이번엔 또 무슨 사연이야? 빨리 찾아!"

사람들은 눈에 불을 켜고 학생의 신상과 죽어야 했던 사연을 찾아다녔다. 유서가 발견되며 쉽게 밝혀졌는데, 심각한 왕따 학교폭력 사건이었다. 유서에는 방관한 학교에 대한 원망, 가해자가 받은 솜방망이 처벌에 대한 억울함, 나약한 본인을 탓하는 자책과 가족에 대한 사과가 담겨있었다. 유서 내용이 밝혀지자, 사람들은 몹시 분노했다.

"그 개새끼! 무조건 잡아 옵시다!"

"청소년 보호법을 개정해야 한다니까! 나이는 어려도 악마라고 악마!"

분노는 쉽게 행동으로 이어졌다. 빛기둥의 예상 목적지가 학교였는데, 예상 이동 거리가 3킬로미터나 되었기 때문이다. 그사이에 존재하는 수많은 건물과 시설을 생각하면, 어마어마한 피해를 막아야만 했다. 세상이 왕따 가해자를 빛기둥 앞에 억지로 끌고 왔다. 왕따 가해자는 울면서 사과했지만, 빛기둥을 꺼뜨리기 위해서는 피해자의 죽음과 똑같은 죽음만이 필요할 뿐이었다.

세 번째 빛기둥이 그렇게 사라진 뒤, 또다시 멀리 네 번째 빛기둥이 솟아올랐다. 사람들은 도대체 언제까지 이런 일이 반복되어야 하느냐고 물었지만, 이 세상에 억울함이 없어질 때까지라는 불가능한 답변만 나왔다. 네 번째, 다섯 번째, 여섯 번째도 앞서와 같은 방식으로 억울함이 풀렸다. 인간은 적응의 동물이라고, 점점 피해를 최소화하는 신속함이 발휘되었다.

그것도 잠시, 일곱 번째 빛의 기둥이 등장하자 사람들은 몹시 당황했다.

"에? 누구 때문에 자살한 거야?"

"도대체 이유가 뭐래?"

그 남자가 자살한 이유가 사흘이 지나도록 알려지지 않은 것이다. 사흘 동안 그 남자는 한 방향으로 걸었고, 8차선 도로와 자전거 보관소, 버스 정류장, 화단, 맥도날드, 스타벅스를 망가뜨렸다. 그럼에도 불구하고 그 남자의 목적지가 알려지지 않았다. 어떻게 이럴 수 있나 싶은 그때, 음모론 같은 소문 하나가 돌기 시작했다.

"저 남자가 가는 방향에 S기업 회장의 저택이 있다."

"이미 저 남자의 원한 대상이 누군지 다 아는데, 언론이 쉬쉬하느라 밝혀지지 않고 있다던데?"

"S기업 회장 아니야 S기업 회장!"

국내 일등 대기업인 S기업 회장이 원한의 대상이라는 소문은 순식간에 공공연한 진실이 되었다. 그러나 앞선 사태와는 여론이 달랐다.

"저 빛기둥에서 저택까지 남은 거리가 얼만데! 무조건 막아야지! 어서 S기업 회장을 기둥 앞에 끌어내야 해!"

"S기업이 우리나라 다 먹여 살리는데, S기업 회장이 죽으면 S기업이 흔들리고, 우리나라 경제가 망한다고! 절대 안 돼!"

빛기둥의 전진을 막으려면 원한 당사자의 목숨이 필요하지만, 그 당사자가 S기업 회장이라면? 이전처럼 사람들은 그를 매몰차게 끌어내지 못했다. 무엇보다 빛기둥의 목적지가 S회장이라는 사실을 확인해 주는 곳이 없었다.

"확실한 거 아니잖아? 그럼 두고 봐야지."

결국, 빛기둥 피해를 최소화하기 위한 작업만이 이루어졌다. 사실이 아닐 수도 있다며 쉬쉬했던 이야기는, 빛기둥 속 남자가 정확히 S기업 회장의 저택을 향해 방향을 바꾸며 사실이 되었다. 목표는 S기업 회장이 맞았다. 그동안 S기업 회장을 비난하던 사람들의 의견은 더욱 거세졌다.

"이제라도 S기업 회장이 나서야지! 저 재앙이 어디로 퍼질지 어떻게 알아!"

"봐봐! 저 빛기둥이 직진하다 보면 주유소도 나온다! 이거 보통 심각한 일이 아니야!"

그럼에도 불구하고 S기업 회장이 사람들의 손에 끌려 나오는 일은 없었다. 그의 소재도 국내가 아니었다.

"S기업 회장이 해외에 있다던데?"

"뭐야? 그럼 저 남자는 바다라도 건너는 거야?"

"앞길에 있는 건물은 다 어떡하고!"

남자와 빛기둥은 도시에 어마어마한 피해를 주며 계속 전진했다. 사람들은 점점 이 상황이 비상식적이라고 생각했다. S기업 회장 한 명이 뭐라고, 이 사회가 이렇게 큰 피해를 보아야 한단 말인가. 그 정도로 가치가 있는 사람이란 말인가. 그를 체포해야 한다는 시위까지 일어났지만, 국가는 S기업 회장을 잡으려 하지 않았고, 정치인들은 일언반구도 없었다.

사람들은 매일 빛기둥이 도시를 파괴해 나가는 걸 그저 지켜봐야만 했다. 그나마 빛기둥이 일직선으로 움직여서 피해를 예견할 수 있다는 게 위안이었다. 수십 채의 건물과 인프라가 망가진 뒤, 그나마 희망적인 뉴스가 하나 들려왔다.

[일주일 뒤 빛기둥이 도시를 빠져나가면 당분간은 도로를 제외한 큰 인프라가 없습니다. 그렇게 언젠가 빛의 기둥이 바다에 닿을 경우, 두 가지 상황이 예상됩니다. 바다 위를 걷거나 해저를 걷는 것인데, 혹시 바닷물이 증발하더라도 수증기가 일어날 뿐 큰 피해는 없을 것으로 보입니다.]

긍정적인 뉴스는 의도적으로 퍼져나갔고, 사람들은 '그래, 차라리 바다로 나가라'라는 심정으로 빛의 기둥을 바라보았다. 물론 누군가는 비꼬았다.

"평범한 악인은 어떻게든 빛기둥으로 끌려오는데, S기업 회장은 해외여행이나 다니면 되는구먼."

S기업 회장이 평생 빛의 기둥을 피해 다닐 모습이 빤하게 예상되었다. 몇 년 지나면 빛의 기둥이 S기업 회장의 상징이 될 수도 있다는 말도, 심지어는 이렇게 한 사람에게 묶여있는 게 오히려 피해를 덜 주는 방법이란 말까지 나왔다.

한데 어느 날, 움직임을 시작한 빛의 기둥이 3분도 안 되어 멈추는 일이 벌어졌다. 하루에 10~20분은 움직였던 빛기둥이 3분도 안 되어 멈추다니, 이 이변은 사람들을 궁금하게 했다. 이윽고, 그 원인으로 추정되는 사건이 긴급 속보로 알려졌다.

[S기업 회장이 사망했습니다! 긴급 속보입니다! S기업 회장이 해외에서 사망했습니다!]

사람들은 깜짝 놀랐다.

"누가 S기업 회장을 죽인 건가?"

하지만 후속 보도 내용에 사람들은 황당함과 분노로 들끓었다.

[S기업 회장의 사망 원인이 노환으로 밝혀졌습니다.]

"뭐? 노환? 노환이라고? 늙어 죽었다고?"

"아니 그럼, 원래도 목숨이 간당간당했단 말 아니야? 근데 그마저도 부지하겠다고 해외로 도망쳤다고? 며칠 더 살자고?"

"이런 이기적인 놈! 그동안 파괴된 도시가 얼만데!"

그 가운데 사람들은 궁금했다. 그럼 이제 빛기둥 속 남자는 어떻게 되는 걸까? 때마침 그를 관찰하던 카메라가 흔들리기 시작했다. 잠시 멈춰 섰던 남자는 목표를 잃은 것처럼 방황했다.

[왔던 길을 되돌아갑니다! 되돌아… 어어? 아닙니다, 서쪽으로 방향을 바꿨습니다! 서쪽으로 갑니다. 어? 동쪽으로 꺾었습니다!]

다음 날도, 그다음 날도 남자는 불특정한 방향으로 걸었다. 사람들은 깨달았다. 어디로 갈지 모르는 저 빛기둥은 대비할 수 없고, 용서를 빌 사람도 다신 데려올 수 없다는 것을 말이다.

죽은 딸이 살아있다는 메일

홍혜화 교수는 말도 안 되는 이메일이라고 생각했다. 누군가 질이 나쁜 장난을 친다고만 생각했다. 하지만 그녀는 그 메일을 무시할 수가 없었다.

[초등학교 3학년 때 사진입니다. 예쁘죠? 이때만 해도 정말 귀여운 아이였답니다.]

홍혜화는 이메일 속 여자아이의 사진을 뚫어져라 바라보았다. 그럴 리가 없다고 생각하면서도 그럴 수밖에 없었다. '이 아이가 내 딸이라고?' 그녀의 딸은 16년 전 어린 나이에 죽었다. 아주 끔찍한 화재 사고였고, 재가 된 딸을 피눈물 흘리며 묻어줘야만 했다. 근데 그 아이가 살아있다니.

사건은 한 달 전, 그녀에게로 익명의 이메일이 도착했다.

[홍혜화 교수님 안녕하세요. 갑작스럽지만, 저는 16년 전 교수님께 큰 잘못을 저질렀습니다. 교수님은 딸이 그날 사망한 줄 알고 계시겠지만,

그날 사망한 아기는 제가 바꿔치기한 다른 아기랍니다. 제가 그런 짓을 저지른 것은 참으로 부끄러운 이유 때문입니다. 저는 어려서부터 정말 똑똑한 아이를 갖고 싶었어요. 하지만 무식한 제게서 그런 아이가 나올 리 없다고 생각했지요. 교수님 말처럼 유전자는 거짓말을 하지 않잖아요. 텔레비전에도 나오시던 교수님의 유전자가 너무 욕심이 났어요. 그래서 그런 일을 저질렀죠. 정말 죄송해요. 그래도 전 정말 최선을 다해서 아이를 키웠어요. 어쩌면, 바쁘신 교수님의 손에 자라는 것보다 제 품에서 아이의 재능이 더 꽃피게 될 거라고 자기합리화를 하면서요. 아이가 초등학교에 입학했던 날의 사진을 보내드릴게요.]

홍혜화는 그 메일을 본 순간 피가 거꾸로 솟았다. 어떤 미친 인간이 이런 악질 장난을 하는 건가. 악의로 가득 찬 장난이라고밖에 할 수 없었다. 화가 난 그녀는 고소하겠다며 답장을 보냈지만, 존재하지 않는 이메일 주소라는 반송 메시지만 돌아왔다. 그리고 며칠 뒤, 주소가 조금 바뀐 메일이 또 도착했다. 아마도 그녀는 메일을 보낼 때마다 임시 메일 주소를 만들었다가 삭제하는 듯했다.

[안녕하세요 교수님. 우리 딸이 어떻게 성장했는지 궁금하실 것 같아서 또 메일을 보내요. 이건 크리스마스 때 사진이에요.]

홍혜화는 몹시 분노하면서도 이 메일을 무시하지 못했다. 경찰에 신고한다거나, 누군가에게 이런 메일이 왔었단 사실을 말하며 하소연하지도 않았다. 대신, 그녀는 자기도 모르게 사진 속 아이의 얼굴을 유심히 살피고 있었다. 절대 아니라고 생각하면서도, 그날 자신의 딸이 죽었단 걸 머리로는 알면서도 그랬다.

이러는 자신을 냉정하게 돌아본 그녀는, 스스로 사진 속 여자 아이에게서 닮은 점을 찾으려 노력한다는 것을 깨달았다. 이성을 잃은 자신의 모습을 발견하고는 자괴감이 밀려왔지만, 화를 내다가도 돌아서면 아이의 사진을 자꾸 들여다보게 되었다.

사진 속 아이가 점점 자랄수록 이런 짓을 저지르는 그 미친 인간의 목적이 드러났다.

[안녕하세요 교수님. 저는 정말 최선을 다했어요. 온갖 교육 서적과 강의도 참고했고요. 교수님의 유전자라면 분명 훌륭한 사람으로 자랄 거라고 믿어 의심치 않았죠. 근데 그 아이가 중학교 때 담배를 피기 시작했다는 게 믿어지시나요? 친구의 핸드폰을 훔쳤다는 게 믿어지시나요? 저는 도저히 믿기지가 않았어요. 훌륭한 교수님의 유전자라면 절대 그럴 리가 없어야 하잖아요? 도대체 어떻게 된 일일까요.]

"어떻게 된 일이냐고? 내 딸이 아니니까! 웃기는 여자 같으니라고!"

홍혜화는 분노를 담은 메일을 보냈지만, 역시나 존재하지 않는 메일 주소였다.

[안녕하세요 교수님. 아이의 고등학교 사진은 많지 않아요. 자퇴했거든요. 제가 이 아이 때문에 경찰서를 몇 번이나 들락거렸을까요? 제 상식으로는 도저히 이해할 수가 없어요. 왜 이 아이가 왕따 주동자가 되고, 남의 물건을 훔치고, 제 지갑에 손을 대는 걸까요? 제가 뭘 잘못했길래요?]

"뭘 잘못했냐고? 미친…."

홍혜화의 일상은 그 메일로 인해 점점 무너지고 있었다. 무시하잔 각오도 수십 번, 다시 들여다보고 분노의 답장을 보내기도 수십 번이다.

[오늘은 제가 그 아이를 키우며 가장 놀랐던 일을 말씀드리고자 해요. 자기보다 열 살이나 많은 멍청한 남자랑 결혼하겠다고 떼쓰더니, 이틀 뒤엔 또 낙태 수술비를 내달라고 하더라고요. 정말 이 아이가 교수님의 유전자가 맞는 건지, 회의가 들었어요.]

"나한테 왜 이러는 거냐고!"

홍혜화는 이 여자가 보낸 메일을 모두 삭제했다가도, 저녁이면 다시 복구해서 사진을 들여다보았다.

[교수님도 아시다시피 아이는 지금 열아홉 살이에요. 저는 이 아이를 키우며 정말 많은 기대를 했고, 또 많은 기대가 무너졌죠. 언제까지고 이 아이의 뒷수습을 하면서 살 생각을 하니, 눈앞이 아찔해졌습니다. 아시겠지만, 이 아이는 정말 답이 없어요. 솔직하게 말해서 인간쓰레기랍니다. 그럼에도 불구하고 교수님은 이 아이를 받아들이실 수 있을까요? 만약 교수님께서 그럴 마음이 있으시다면, 저는 이 아이를 교수님께 돌려드릴 마음의 준비가 되었을지도 몰라요. 이렇게 쓰레기 같은 딸이라도 교수님이 받아들일 수 있으시다면요.]

"뭐라고?"

분노로 머릿속이 새하얘진 홍혜화는 답장으로 세상 모든 욕을 퍼부었다. 이 인간의 생각, 의식, 의도, 단어 하나하나조차 그녀를 미치도록 분노하게 만들었다. 그렇게 세상에 없을 저주를 퍼부은 홍혜화는 곧 깜짝 놀랐다. 메일 주소가 살아있었다. 그걸 확인하자마자 홍혜화가 곧바로 한 일은, 두 번째 메일을 보내는 것이었다. 좀 더 정제된 분노를 쏟아붓기 위함이었지만, 이번에는 또 없는 메일이란 메시지가 돌아왔다.

"아악!"

울화를 토해낸 홍혜화는 핸드폰을 집어 던지려다가 겨우 억눌렀다. 그녀는 다시 메일을 열어보지 않기로 다짐했다. 이번에는 정말, 진짜로 말이다.

이틀 뒤 아침, 익명의 메일이 도착했을 때 홍혜화는 열어보지 않았다. 수신 확인이 되지 않는 것을 보여줌으로써 이 미친 인간의 메일을 끝내고자 했다. 대학에 나와 점심을 먹을 때까지도 그 결심이 유지되는 듯했다. 자꾸 충동이 드는 자신을 속일 순 없었지만, 그녀는 애썼다. 하지만 오후를 보내며, 미팅과 강의를 하면서도 머릿속에 자꾸만 그 메일이 떠올랐다. 사람들과 헤어져 혼자 남게 되었을 때, 홍혜화는 참지 못하고 메일을 열었다.

[교수님의 마음을 이해합니다. 하지만 이 아이가 진짜 교수님의 딸이라는 건 거짓말이 아니에요. 증명을 위해서 교수님의 대학교 정문 벤치 위에 그 아이의 빗을 놓아두었습니다. 그 빗에 있는 머리카락으로 유전자 검사를 해보시면, 그땐 교수님도 믿으실 수 있겠죠. 출근하시면서 가져가셔요.]

"뭐라고?"

홍혜화는 메일을 보자마자 벌떡 일어났다. 벤치 위에 빗을 뒀다니! 수백 명이 지나다니는 정문 벤치 위에! 그녀는 생각하고 말 것도 없이 미친 듯이 달렸다. 만약, 정말로 빗의 머리카락으로 유전자 검사를 할 수 있다면? 혹시, 만에 하나, 정말 그 아이가 내 딸이라면? 하지만 저녁 늦게 간 벤치에는 빗이 존재하지 않았다.

주변을 미친 듯이 뒤진 홍혜화는 후회했다. 어차피 볼 거였다면 아침에 그냥 메일을 열어볼걸!

"아아아아악!"

미친 여자처럼 소리를 내지른 홍혜화는 다시 그녀에게 메일을 보냈지만 존재하지 않는 메일 주소였다. 발광하던 그녀는 억지로 흥분을 가라앉혔다.

"아니야. 개수작이야. 내 딸은 죽었어. 죽었다고!"

그녀는 차분하게 스스로를 관조했다. 이 미친 인간에게 휘둘리고 있음이 명백하다. 그녀는 본인의 이메일을 삭제해 버렸다.

그날 밤, 집으로 돌아온 그녀는 침대에 누워 억지로 잠을 청했다. 온 방에 불을 끈 그녀는 방 안에 소리 나는 모든 물건을 치워 버렸다. 그럼에도 불구하고 그녀는 잠이 오지 않았다. 그녀는 내내 생각했다.

"안 돼…. 아니야…."

제발 자자, 제발 생각을 멈추자. 눈을 감은 그녀의 미간에 깊은 주름이 사라지질 않았다. 벌떡 일어난 그녀는 거실로 가 냉장고의 전원을 뽑아버렸다. 미세한 소음조차도 모조리 사라진 고요한 집에서, 그녀는 베개에 얼굴을 파묻었다. 그녀의 몸이 서서히 떨렸다. 떨림이 침대 전체에 퍼질 정도로 격렬해졌을 때, 그녀는 벌떡 일어나 노트북을 켰다. 다급하게 이메일 사이트에 접속한 그녀는 계정 복구 신청 메뉴를 뒤졌다.

"안 돼, 안 돼, 안 돼."

울 것 같은 표정으로, 삭제한 계정을 복구하는 방법을 찾지 못한 그녀는 다시 같은 메일 주소로 가입하려 했다. 하지만 가입이 되지 않았다. 패닉에 빠져 양손을 어쩔 줄 몰라 하던 그녀는 아이디에 숫자 1을 덧붙여 가입했다. 그리고 허겁지겁 SNS와 블로그, 학교 홈페이지, 자신이 공개된 모든 곳에 같은 글을 썼다.

[메일 주소가 바뀌었습니다. 제 메일 주소는….]

홍혜화는 뜬눈으로 밤을 지새우다가 새벽에 얼핏 선잠에 빠져들었다.

다음 날 아침, 새로운 메일함에 몇 번이나 들어가 보던 홍혜화는 익명의 메일을 보자마자 바로 눌렀다.

[제 말을 정말 믿지 않으시나 보네요. 유전자 검사도 안 하실 생각이신가요? 알겠습니다. 그렇다면 이제 더는 메일을 보내지 않겠습니다. 그동안 죄송했습니다.]

"아."

홍혜화는 얼른 답장을 보냈다. 상대가 메일 계정을 또 삭제하기 전에 보내야만 했다.

[빗이 없었다고요.]

간결하게 할 말을 쓰고 바로 보내기 버튼을 눌렀지만, 이미 없는 메일이었다.

"아아아. 아아아아…!"

이렇게 끝이라고?

당황하던 그녀는 해당 메일이 새로운 메일 주소로 왔다는 사실을 깨달았다. 그녀는 바로 SNS와 블로그, 학교 홈페이지 등지에 글을 올렸다.

[꼭 확인해 보고 싶었는데, 빗이 안 보이네요. 계속 대화를 해보고 싶습니다.]

노골적인 문장이 아니었던 건 그녀의 마지막 남은 이성이었다. 하루가 지나도 메일은 오지 않았다. 홍혜화는 초조했다. 다시 메일을 보내지 않기로 한 탓에 아예 보지도 않는 걸까? 그녀의 메일이 없는 며칠간 홍혜화는 불안정했는데, 그 사실이 억울했다. 그 아이가 진짜 내 딸인 것도 아니고, 악질 장난에 불과할 확률이 높은데, 왜 자신이 이렇게 목매야 한단 말인가. 그래도 어쩔 수 없었다. 홍혜화는 공개 메시지를 네 번이나 올렸고, 그 덕에 메일이 다시 도착했을 때는 열기도 전에 기뻐했다.

[안녕하세요 교수님. 오늘도 전 교수님의 딸 때문에 미칠 것 같았습니다. 교수님은 모르시겠지만, 그동안 제가 교수님께 메일을 보낸 날은 모두 아이가 저를 힘들게 한 날이었답니다. 네, 저는 아이 때문에 화가 날 때마다 교수님께 메일을 보냈습니다. 그때의 저는 당장 이 악마 같은 아이를 교수님께 돌려보내잔 심정이었습니다. 교수님께 메일로 하소연하고 나면 조금 풀리곤 했지만, 이젠 정말 버틸 수가 없는 지경이 됐습니다. 교수님의 딸이 사람을 죽였어요…. 저는 이 아이를 포기하기로 했습니다. 교수님은 살인을 저지른 딸도 받아들이실 수 있으신가요? 그게 아니면, 살인을 저지른 딸이니 차라리 16년 전에 죽은 셈 치실 건가요? 만약 그렇다면 다시는 제 메일을 읽지 않으시는 게 좋겠습니다.]

메일을 읽는 동안 홍혜화의 눈동자가 사정없이 흔들렸다. 사람을 죽였다고? 그 아이가? 믿기 힘든 말이었지만, 애초에 모든 메일이 그랬다. 그렇기에 사실 같았다. 정말 그 사진 속 아이가 살인까지 저지른 걸까? 누굴까? 낙태하게 만든 그 남자일까 혹시? 머리가 복잡하던 홍혜화는 잠시 뒤, 새롭게 도착한 메일의 제목을 보았다.

[살인자 딸을 원치 않으신다면, 이 메일을 읽지 마시고 삭제하세요.]

홍혜화는 곧바로 그 메일을 열어보지 못했다. 상대는 이메일 수신 확인 기능을 통해 내가 읽었는지 알 터였다.

"…."

살인자 딸. 사람을 죽인 딸. 근데, 정말 내 딸은 맞나? 그럴 리가 없지 않나? 내 딸은 16년 전에 죽었는데. 이 메일은 모두 악질 장난일 텐데. 아니라면? 만에 하나 16년 전에 죽은 내 딸이 살아있다면? 그 딸이 살인자라면? 몇 분간 미동도 하지 않고 메일을 응시하던 홍혜화는 결국, 조심스럽게 메일 제목을 눌렀다.

[그동안 많이 생각해 봤어요. 어째서 이 아이가 이렇게 됐을까? 교수님의 훌륭한 유전자를 타고난 이 아이가 왜 그럴까? 제가 내린 결론은, 교수님의 잘못이 아니라는 것이에요. 교수님의 전남편이 모자랐던 거예요. 아이의 지능이 엄마에게서 온다는 이야기를 믿었던 제 실수였어요. 만약 16년 전에 교수님의 아이가 아닌, 똑똑한 부부의 아이를 선택했다면 어땠을까요? 제가 지난 16년간 희생했으니, 제게도 두 번째 기회가 있어야 하는 거 아닐까요? 새로운 아이를 키우기에 제 나이가 아직 늦지 않았을지도 몰라요. 눈에 들어오는 아이도 있어요. 혹시 교수님도 아실지 모르겠는데, 공 박사네 부부가 작년에 아이를 낳았잖아요. 양쪽에서

받은 좋은 유전자 덕에 분명 훌륭하게 자라겠죠. 요즘 저는 자꾸 교수님에게 딸을 보내고, 제게 두 번째 기회를 주고만 싶어요. 제가 그래도 될까요? 괜찮은 걸까요? 답장을 기다리겠습니다.]

홍혜화는 심각한 얼굴로 몇 번이나 메일을 다시 읽었다. 지금 이 미친 인간이 내게 허락을 구하는 걸까? 공 박사의 아이를 납치하겠다고? 딸을 내게 돌려주는 대신 내가 그 악행에 동조하길 바라는 건가? 치가 떨렸다. 더 치가 떨리는 건, 메일에 첨부된 아이의 사진이었다. 울고 있는 모습이다. 어쩌면, 살인을 저지른 탓에 흘린 눈물일지도 모른다.

홍혜화는 문득 '답장을 기다리겠습니다'라는 문장을 보고 멈칫했다. 내용 없이 메일을 보냈더니, 메일 주소가 그대로 있었다. 눈이 커질 대로 커진 홍혜화는 얼른 메일을 보냈다. 하고 싶었던 수많은 말을 모조리 쏟아부었다.

[당신은 뭐야? 누구야? 왜 내게 이런 짓을 해? 무슨 짓이야? 내 딸은 죽었어! 고소할 거야! 내 딸이 아니잖아! 왜 이런 거짓말을 하는 거야….]

혹시라도 또 그가 메일 주소를 삭제할까 봐, 몇 번이나 끊어서 메일을 보냈다. 초반의 메일은 모두 분노였지만, 중간부터는 내용이 달라졌다.

[빗을 못 가져갔다, 유전자 검사를 해보고 싶다, 정말 내 딸이 맞는가? 알고 싶다. 진짜라면 증명해라. 확인하고 싶다. 확인하게 해달라, 확인하게 해달라, 확인하게 해달라….]

결국, 모든 내용은 딸이 진짜인지 확인하고 싶다는 욕망 하나로 귀결됐다. 그러나 홍혜화가 아무리 메일을 보내도 답장이 오지 않았다. 하루가 지나도 그랬다. 모든 메일을 확인하고도 답장이 없었다. 홍혜화는 이것이 뜻하는 바를 깨달았다. 상대가 원하는 건 그냥 답변 하나다. 허락하는 답변 하나다. 그 아이를 내게로 돌려보내도 되는지, 공 박사 부부에게 끔찍한 짓을 저질러도 되는지, 그것에 대한 내 답변 하나다.

홍혜화는 지난 며칠간 수십 통의 메일을 보냈지만, 오늘은 한 통도 보내지 않았다. 새벽 6시에 일어난 그녀는 밤 12시가 될 때까지 집에서 침묵했다. 이윽고 그녀는 천천히 손가락을 놀려 아주 짧은 메일 한 통을 보냈다.

[그렇게 하세요.]

보내기 버튼을 누르자마자, 홍혜화는 핸드폰을 놓아버렸다. 거실을 서성이다가 찬장에서 꺼낸 술을 컵에 따랐다. 그 술을 입에 채 대기도 전, 메일 알림이 울렸다. 홍혜화는 뛰어갔다. 급히 누른 메일의 내용은 짧았다.

[네.]

홍혜화는 차갑게 피가 식는 느낌이 들었다. 다시 메일을 보내보려 했지만, 이미 삭제했으리란 생각이 들었고, 확인한 결과도 마찬가지였다. 깊게 들이마신 숨을 떨리게 내뱉은 그녀는 다시 거실로 가 따라놓은 술을 한 번에 들이켰다. 다시 따르고, 또 삼키고, 다시 따르고 또 삼키고…. 그녀는 거실 소파에 누워 눈을 감았다.

일주일이 지난 아침, 간밤에 전해진 소식은 홍혜화를 충격에 빠트렸다.

[안타까운 소식입니다. 공치열 박사 부부의 자택에 일어난 화재 사고로 인해 일가족 세 명이 사망했습니다⋯.]

홍혜화의 심장이 미친 듯이 뛰었다. 불이 났다고? 화재 사고로 일가족이 죽었다고? 온몸이 덜덜 떨리던 홍혜화는 갑작스러운 현관 벨 소리에 심장이 떨어질 듯 놀랐다. 진정되지 않은 몸을 이끌고 가 현관문을 열었을 때, 그녀의 두 눈이 부릅떠졌다. 그 아이가 서있었다. 사진 속 그 아이가 울 것 같은 얼굴로 서있었다. 아이는 울먹이는 목소리로 물었다.

"아줌마. 아줌마가 정말로 제 엄마예요⋯? 정말 제 진짜 엄마예요⋯?"

"⋯."

격정에 떨던 홍혜화는 직감했다. 엄마로서의 본능이 말해주고 있었다. 눈앞의 아이가 내 딸이라고, 유전자 검사고 뭐고, 이 아이는 내 딸일 수밖에 없다고. 목이 막힌 홍혜화는 고개를 끄덕였고, 아이는 울어버렸다. 홍혜화는 얼른 딸을 안았다. 다시는 잃어버리지 않겠다는 듯이 아주 꽉 안았다. 딸이 엉엉 울다가 까무러쳐 정신을 잃을 때까지.

*

침대 머리맡에 앉은 홍혜화는 잠든 아이의 머리카락을 쓸어 넘겼다. 웃음이 나왔다. 하지만 곧, 그녀의 얼굴은 흉악하게 굳었다. 그 미친 여자를 생각했다. 16년간 내 딸을 빼앗아간 그 죽일 년! 이 세상에 존재해선 안 될 그 악독한 여자를 반드시 심판하리라. 홍혜화는 딸이 좀 진정되면 바로 신고할 생각이었다. 딸을 돌려줬으니, 그 대가로 신고하지 않겠다는 생각 따위는 없었다.

하지만 다음 날, 그녀는 망연자실한 얼굴로 딸이 하는 말을 듣고 있을 수밖에 없었다. 잠에서 깬 딸은, 정신이 나간 듯 불안정한 상태로 엉엉 울며 소리를 질렀다.

"나보고 그 아기를 죽이라고 했어요! 불로 태워 죽이라고, 그래서 내가, 내 손으로 그 아기를 죽였어요! 내가 그 아기를 죽였다고요!"

홍혜화는 그제야 그 당연한 사실을 깨달았다. 두 아이를 바꿔치기하려면, 한 아이의 시체가 필요하다는 것을.

'교수님의 딸이 사람을 죽였어요. 교수님은 살인을 저지른 딸도 받아들이실 수 있으신가요?'

홍혜화는 미친 듯이 소리 지르는 딸을 보면서 예감했다. 자신은 절대로 그 여자를 신고할 수 없으리라는 것을….

쓸모없는 냅킨

누군가를 간절히 찾고 싶은 사람들만 가는 바가 있습니다. 그 바의 바텐더는 신기하게도 사람을 찾아줍니다. 그곳의 바텐더는 무척이나 과묵한 사람인데, 그래도 손님이 하는 말은 한마디도 흘리지 않고 귀담아듣습니다. 손님이 어떤 사연이 있는지 솔직하게 털어놓으면 바텐더가 냅킨에 주소를 하나 적어줍니다. 간절히 찾고 싶은 사람이 있는 곳의 주소이지요.

그런데 여기서 재밌는 건, 그 주소는 내가 원하는 사람의 주소가 아니란 점입니다. 그 바에서 다른 누군가가 간절히 찾았던 사람의 주소입니다. 손님 입장에서는 정말 허탈하지 않겠습니까? 애써 사연을 털어놓았는데, 정작 다른 사람의 주소만 알려주고 내보내니까 말입니다. 하지만 그 사실을 다 알면서도 사람들은 바를 찾아갑니다. 지푸라기라도 잡고 싶어서인지….

그리고 그 냅킨을 받아 든 사람 중에는 굳이 거기에 적힌 주소로 찾아가는 이도 있습니다. 왜냐고요? 누군가 당신을 간절히 찾고 있다는 걸 알려주기 위해서 말입니다. 그래서 제가 이렇게 당신을 찾아온 겁니다.

홍혜화 씨, 누군가 당신을 간절히 찾고 있습니다.

*

홍혜화는 남자가 건네준 냅킨을 받아들고 어떤 표정을 지어야 할지 몰랐다. 갑자기 찾아온 남자가 5분만 시간을 내달라기에 무슨 일인가 했더니, 이 무슨 기묘한 이야기인가.

"저를 누군가가 간절히 찾고 있다고요?"

"네. 그렇습니다. 누군가 그 바를 찾아간 겁니다. 정작 당신의 주소는 제가 얻었지만요."

"음. 그게 다 정말이에요? 우리 집 주소를 알게 되신 게 그런 이유라고요?"

"그렇습니다. 믿기지 않으시겠지만 그게 답니다."

남자는 사심 없는 웃음을 설핏 내보였다.

"간절히 찾고 싶은 사람이 있다는 건 정말 고통스러운 일입니다. 영원히 채워지지 않는 빈 곳을 가진 채 살아가야 하죠. 그런 사람은 늘 한 발 뒤로 물러나 있는 인생을 삽니다. 그게 채워지지 않는 한 아무것도 제대로 할 수가 없어요. 그 고통을 아니까 저도 이렇게 당신께 말해주고 싶었던 겁니다. 누군가 정말 애타게 홍혜화 씨를 찾고 있다고 말입니다."

남자의 진심 어린 모습에 홍혜화는 도저히 장난이라고 생각할 수가 없었다. 그럼, 정말로 나를 간절히 찾고 있다는 말인가.

"나를 찾고 있다고…?"

생각에 잠겨 누군가를 떠올리던 홍혜화는 문득, 남자의 시선을 느꼈다. 무슨 할 말이 남았나 싶어 시선을 맞추자 남자는 가볍게 묵례하고 떠났다.

"그럼."

"아…."

홍혜화는 미련 없이 떠나는 남자를 붙잡지 못했다. 문을 닫고 돌아선 홍혜화의 표정은 복잡했다. 만지작거리다가 무심코 뒤집어본 냅킨의 뒷면에 약도가 있었다. 그녀는 '연'이라는 가게명과 약도를 한참이나 살펴보았다.

*

'딸랑!'

작은 바의 문이 열리며 홍혜화가 들어섰다. 바텐더와 눈이 마주친 그녀는 긴장한 모양새로 바 앞까지 다가와 물었다.

"여기가 그…?"

바텐더는 대답 대신 앞자리를 가리켰다. 자리에 앉은 홍혜화는 가방에서 꺼낸 냅킨을 바 위에 내려놓았다.

"어떤 남자가 저를 찾아왔어요. 누군가가 저를 간절히 찾고 있다고요. 맞나요?"

홍혜화는 과묵한 바텐더의 눈치를 살피며 계속 말했다.

"그 남자는 여기서 제 주소를 받았다고 했어요. 저를 찾고 싶은 사람이 여길 찾아왔을 거라고 하던데요. 여긴 그런 사람들만 찾아오는 바라고…."

홍혜화는 바텐더의 대답을 기다렸지만, 바텐더는 가만히 그녀를 바라보기만 했다. 홍혜화가 재차 물었다.

"정말 그녀가 저를 찾고 싶어서 여길 왔었나요? 그, 키가 큰 여자요."

그제야 처음으로 바텐더의 입이 열렸다.

"어떤 사연이 있습니까?"

"네? 사연이요?"

그 말의 의미를 파악해 보던 홍혜화의 표정이 조금 굳었다. 그 남자가 했던 말이 떠올랐다. 이곳이 어떤 사람들이 찾는 곳인지 말이다.

"아. 지금 저도 그녀를 찾고 싶어서 여길 온 셈이군요? 그러니까 여기 앉아서 어떤 사연이 있는지 구구절절 떠들고, 그 아무 쓸모없는 냅킨을 받아 가란 말이군요?"

바텐더는 가타부타 말이 없었고, 홍혜화의 미간이 살짝 찡그려졌다.

"사연을 들으면 어딨는지 다 알아요? 무슨 초능력이라도 있으세요? 제가 사는 곳은 어떻게 아셨는데요?"

그녀가 바 한쪽에 놓인 냅킨을 가리켰지만, 바텐더는 눈길 한 번 돌리지 않았다.

"무슨 말 좀, 아니 아무것도 해줄 말이 없어요? 그냥 사연만 털어놓으란 말이에요?"

홍혜화의 표정은 점점 안 좋아졌고, 말도 빨라졌다.

"저기요. 여기서 일어나는 일이 사실이고 아니고를 떠나서, 제가 이해가 안 가는 건요. 도대체 무슨 의미가 있느냐는 거예요. 왜 누군갈 찾고 싶은 사람들이 여길 오죠? 여길 온다고 찾을 수 있는 게 아니잖아요? 그 남자도 정말 간절히 찾고 싶은 사람이 있어 보였지만, 결국 알아낸 건 제 주소였어요. 그게 무슨 소용이라고 여길 와서 자기 사연을 주절주절 떠드는 거죠? 무슨 의미가 있다고? 내가 왜 그래야 하죠?"

대답 없는 바텐더는 시간이 정지된 것처럼 홍혜화를 가만히 바라만 보았다. 잠시간 눈싸움을 지속하던 홍혜화가 어쩔 수 없다는 듯 작게 한숨을 내쉬었다.

"좋아요. 그럼 그거 하나만 알려주세요. 정말 그녀가 저를 찾고 싶다며 여길 왔었어요?"

그것조차도 바텐더는 대답할 생각이 없는 듯했고, 홍혜화의 목소리가 조금 높아졌다.

"정말 도대체 뭐 하는 곳이에요 여긴!"

홍혜화는 벽을 상대하는 기분이었다. 변함없는 바텐더의 태도를 보며 그녀는 갈등했다. 그냥 이대로 나가버릴까? 테이블을 내려다보며 생각에 잠겨있던 그녀는 잠시 뒤, 고갤 들어 솔직하게 말했다.

"나를 찾는 사람이 내가 아는 그녀가 맞다면요. 그럼 저도 그녀를 찾고 싶어요. 그녀의 이름은 서선이에요. 송서선."

바텐더는 여전히 대답이 없었지만 아까와는 달랐다. 왠지 그녀의 말에 집중하는 듯했다. 그렇게 느낀 홍혜화는 조금 더 편하게 말을 이어갔다.

"호주 유학 시절에 동거했던 친구예요. 정말 좋아했던 친구인데…. 아뇨 사랑했던 친구인데, 안 좋게 끝났거든요."

바텐더는 자연스러운 움직임으로 그녀의 앞에 잔을 내려놓았다. 바텐더를 힐끔 본 홍혜화는 잔을 만지작거리며 말을 이어갔다.

"공부가 끝났을 때 제가 선이에게 제안했어요. 같이 한국으로 가자고요. 선이는 거절했어요. 자신은 호주에서 살겠다고요. 그게 비전이나 답이 있어서가 아니란 걸 나도, 선이도 알고 있었어요. 왜 그러냐고 묻는 제게 선이가 그랬죠. '너에게 가족은 천국이지만 내게 가족은 지옥이다.' 자긴 다시는 한국에 가지 않을 거라고요. 그래서 제가 그럼 우린 헤어져야 하느냐고 물었더니, 그렇대요. 나를 잡지도 않았어요. 내가 방 빼고 가면 어디서 살 거냐고 했더니 걱정하지 말래요. 실제로 제가 왜 포기한 줄 알아요? 글쎄, 금방 동거할 다른 사람을 찾았더라고요. 남자였어요. 전 너무 화가 나서 참을 수가 없었죠. 끝이라고, 혼자 한국으로 돌아와 버렸어요. 어쩌면, 걔가 일부러 그랬는지도 모르겠어요. 저 떼어내려고요. 아닐 수도 있고…."

술잔을 매만지던 홍혜화는 잔에 든 술이 뭔지도 모른 채 한 모금 들이켰다. 잔을 내려놓은 그녀는 말했다.

"아무튼 완전히 끝이었어요. 제가 몇 번이나 물어도 걔는 마지막까지 절대 후회하지 않을 거라고 했거든요. 근데…."

얼굴을 찡그린 홍혜화가 냅킨을 들고 흔들었다.

"이건 뭐예요? 절대 후회하지 않는다면서, 이건 뭐냐고요. 이제 와서 한국에 왔대요? 절 찾아왔대요? 이제 와서? 내가 얼마나, 어떻게 살았는지 알아요 걔가?"

홍혜화는 당신이 대신 대답해 보라는 듯 바텐더를 쏘아보았다. 바텐더는 여전히 말이 없었지만, 눈을 피하지도 않았다. 먼저 시선을 돌린 홍혜화가 술을 단숨에 들이켰다. 빈 잔을 내려놓고 잠시 만지작거리던 그녀가 말했다.

"그래서 찾고 싶어요. 왜 그랬는지 너무 궁금해서 선이를 찾고 싶어요. 송서선이요. 진짜 찾고 싶어요."

그 순간 바텐더가 움직였다. 한쪽 테이블의 냅킨을 뽑아 든 그는 펜을 꺼내 무언가를 쓰기 시작했다. 잠시 뒤, 냅킨을 홍혜화에게 건넨 그는 잔을 치우고는 돌아섰다. 냅킨을 본 홍혜화의 얼굴이 구겨졌다.

"최숙정?"

자신에게는 아무짝에도 쓸모없는 냅킨이다. 홍혜화는 바텐더의 뒷모습을 노려보았다. 그 뒷모습에 말을 걸어봤자 결과는 뻔해 보였고, 그녀의 손에 들린 냅킨만 반쯤 구겨졌다. 그녀는 불만스레 중얼거렸다.

"이게 무슨 의미가 있냐고…."

자리에서 일어난 홍혜화가 바를 떠났다.

*

홍혜화는 지난 며칠간 늘 송서선을 생각했다. 사실은 그전에도 그녀는 가끔 송서선을 생각했었다. 하지만 그 바에 갔다 온 이후로는 매일같이 생각했다. 선이가 정말로 한국에 왔을까? 나를 찾으려고 한 걸까? 무슨 말을 하려고? 그런 생각들에 잠길 때면 습관처럼 '홍혜화'가 적힌 냅킨을 만지작거렸다. 냅킨은 자신을 향한 선이의 마음처럼 느껴졌다. 그 마음은 볼 때마다 달라서, 어떨 때는 미안함, 어떨 때는 그리움, 어떨 때는 빚 같았다.

그러면서 홍혜화는 '최숙정'이 적힌 구겨진 냅킨도 다시 보게 되었다. 그녀는 그 남자가 그날 왜 자신을 찾아왔었는지도 조금은 이해했다. 꼭 만나고 싶은 사람이 있어도 만나지 못하는 건 그 남자의 말대로 정말 고통스러운 일이다. 그게 남의 일일지라도.

결국 어느 날, 그 남자가 그랬던 것처럼 홍혜화도 냅킨의 주소를 찾아가게 되었다.

"안녕하세요. 최숙정 선생님 되시죠?"

"네. 그런데요?"

의아해하는 중년의 여인 최숙정에게, 홍혜화는 자신이 어떤 연유로 찾아온 것인지를 설명했다. 그리고 냅킨을 건네며 그날 그 남자에게 들었던 말을 그대로 했다.

"누군가 최숙정 선생님을 간절히 찾고 있어요."

최숙정은 심각한 얼굴로 냅킨을 바라보았다.

"정말인가요?"

"네."

"그러니까, 누가 그 이상한 바에 가서 저를 꼭 찾고 싶다고 했다는 거죠? 그런 사람이 있었다는 거죠?"

"맞아요."

냅킨을 집어 드는 최숙정의 손이 조금 떨렸다.

"남자인가요? 나이가 스물은 넘어 보이는?"

"그건 저도 몰라요. 아, 죄송해요."

홍혜화는 순식간에 최숙정의 눈시울이 붉어지는 걸 보고 사과를 덧붙일 수밖에 없었다. 최숙정은 작게 고개를 끄덕였다.

"맞을 거예요. 생각나는 사람이 하나뿐인데요. 그 아이가 아니면 누가 날 찾겠어요. 근데 전…. 저는 걔가 저를 원망하는 줄 알았어요. 근데 저를 찾는대요? 걔가 정말 저를 찾는 걸까요?"

최숙정의 눈물에, 홍혜화는 몰라도 그렇다고 고개를 끄덕여주고 싶었다.

"아마 그럴 거예요. 생각나는 사람이 하나뿐이라면서요."

"맞아요. 하나뿐이죠. 그 아이뿐이에요. 그 아이가 날 원망하지 않을지도 몰라요. 그렇게 착한 아이였어요. 맞아요."

최숙정은 냅킨을 보물처럼 품었다. 홍혜화는 그 마음을 이해할 수 있었다. 눈물을 흘리면서도 웃음을 잃지 않았던 최숙정은 홍혜화에게 깊은 감사를 전했다.

"정말 고마워요. 이렇게 찾아와 줘서 정말로 고마워요."

"아니에요."

"평생 가장 기쁜 소식이었어요. 그 아이가 나를 찾고 있다는 거요. 정말로요."

최숙정의 표정이 어찌나 행복해 보이던지, 홍혜화는 늦게 찾아온 것이 미안할 정도였다. 내게는 쓸모없는 냅킨이었지만, 그녀에게는 저렇게나 소중한 냅킨이구나.

"그분이 꼭 선생님을 찾길 빌게요."

집으로 돌아오는 길, 홍혜화는 마음이 따뜻했다. 생각지 못했던 다른 감정도 들었는데, 그 감정의 정체는 안도감이었다. 그제야 홍혜화는 조금 알 것 같았다. 사람들이 왜 그 바에 가는지를 말이다. 바로 두려움 때문이었다. 내가 간절히 찾고 싶은 상대도 과연, 나를 만나고 싶을까? 내가 찾고 있단 사실을 알게 되면 어떤 표정을 지을까? 누군가를 간절히 찾는 사람들에게는 그게 가장 두려웠기에, 확인해 보고 싶었던 거다. 누군가 당신을 간절히 찾고 있단 말을 들은 사람의 얼굴을 말이다. 그 바의 의미는 바로 그것이었다.

자신이 최숙정의 반응에 얼마나 안도했는지를 깨달은 홍혜화는 그 남자를 떠올렸다. 그날 자신이 어떤 표정을 지었는지, 그 남자에게 어떤 힘이라도 되었을지. 어쩌면 그런 작은 힘 하나로 그 남자는 포기하지 않을 수 있는 게 아닐까? 지금 홍혜화가 송서선을 더 보고 싶어 하게 된 것처럼 말이다.

시간이 지날수록 홍혜화는 송서선이 자신을 찾는 이유를 확신했다. 나쁜 목적일 거란 걱정은 들지 않았고, 후회했단 말을 하기 위함이라 생각했다. 그래서 그녀는 송서선을 어서 만나고 싶었다. 그렇지만 누가 누구를 찾아 나서든, 서로를 향한 단서가 아무것도 없었다. 호주 유학 시절에도 오직 서로에게만 기대어 살아왔던 둘은 서로를 칼같이 끊어낸 순간 모든 관계도 끝이었다. 홍혜화는 송서선이 한국 얘기를 끔찍하게 싫어해서 한마디도 안 했던 것이 후회되었다.

막막한 상태로 한 달이 지나자, 홍혜화는 불안해졌다. 보고 싶은 마음에도 유통기한이 있다면 얼마나 될까? 한국을 끔찍이도 싫어하던 선이가 계속 한국에 있을까? 벌써 호주로 돌아가 버린 건 아닐까? 아니 어쩌면, 그 바를 찾아간 건 호주로 떠나기 전 마지막 날은 아니었을까? 서로가 서로를 보고 싶어 하지만 다시는 만나지 못한다, 그런 상상은 홍혜화를 미치게 했다. 안절부절못하던 그녀는 뭐라도 하고 싶은 생각에 다시 그 바를 찾아갔다.

한데, 홍혜화는 그 바의 문을 넘어설 수가 없었다. 분명 열려있는 바의 문이 그녀에게는 열리지 않았다. 보이지 않는 무언가가 그녀를 튕겨내는 것만 같았다.

"뭐야? 왜? 왜! 저기요! 안에 듣고 있죠? 저기요!"

홍혜화는 문을 두드려댔지만, 안에서는 아무런 반응이 없었다. 그래도 포기하지 못하고 계속 문만 두드려대던 그때, 등 뒤에서 목소리가 들려왔다.

"왜 들어가지 못하는 줄 알아?"

그 목소리에 홍혜화는 벼락을 맞은 것처럼 흠칫했다. 천천히 돌아본 그곳에 송서선이 있었다. 전력으로 뛰어온 것처럼 숨을 몰아쉬는 송서선이.

"우리는 만날 거니까."

"너…!"

홍혜화는 순간적으로 목이 꽉 멨다. 송서선도 붉어진 눈시울로 주머니를 뒤졌다. 그녀가 꺼낸 것은 한 장의 냅킨이었다.

"어떤 학생이 찾아와서 그러더라. 누군가 나를 간절히 찾고 있는 사람이 있다고 말이야."

"아."

냅킨에는 송서선의 이름과 주소가 적혀 있었다.

"어떤 학생이?"

"응. 정말 고마운 학생."

냅킨을 받아든 홍혜화는 고갤 돌려 바를 바라보았다. 다시 고갤 돌린 홍혜화는 송서선에게 한 발짝 다가섰다.

"반가워. 정말 찾고 싶었어. 아무것도 못 할 정도로."

"알아. 그래서 고마웠어."

냅킨을 든 연인이 바 앞에서 미소를 지었다.

인스타그램 암호 지령

풍경 사진으로 가득한 그 인스타그램 계정은 댓글 창이 막혀 있다. 활동은 매일 꾸준했지만, 아무리 게시물이 많아도 소통이 없다면 팔로워는 적을 수밖에 없다. 나도 알고리즘에 의해 우연히 보지 않았다면, 이 계정을 팔로우할 일은 없었을 것이다. 하지만 지금은 이 계정이 내 삶에 신선한 자극을 주고 있다. 놀랍게도, 평범해 보이는 게시물 속에 숨겨진 '지령'이 있었기 때문이다. 가령 오늘 올라온 게시물의 지령은 이러했다.

[오늘은 꽃 사진이다.
여기 빨간 꽃이 참 예쁘네.
이것 때문에 옷을 좀 더럽히긴 했다.
엄마가 그렇게 입어라 입어라 해도 잘 안 입던 옷이니까 상관이 없다.]

첫 번째 줄의 첫 어절 '오늘은', 두 번째 줄의 두 번째 어절 '빨간', 세 번째 줄의 세 번째 단어 '옷을', 네 번째 줄의 네 번째 어절 '입어라'. 이걸 합치면 이렇게 된다.

[오늘은 빨간 옷을 입어라.]

이것이 오늘 올라온 게시물의 지령이다. 계단식 암호 해독법을 사용한 문장. 처음에는 아무것도 아닌 줄 알았다. 누가 저런 문장을 보고 암호 지령이라고 생각하겠는가. 더군다나 이렇게 재미없고 평범한 계정에서 말이다. 그런데 그 계정의 다른 게시물들을 보면서 흠칫 놀랐다. 어떻게 수백 개가 넘는 게시물이 다 계단식 암호로 구성되어 있단 말인가. 그것도 전부 명령형 어미로 마무리되도록 말이다. 우연히 이 패턴을 발견하게 된 나는 호기심이 생겼다. 댓글이라도 달아서 묻고 싶었지만, 소통이 없는 계정이었다. 그러고 보니 소통이 없는 것도 왠지 께름칙하게 느껴졌다. 어려서부터 스파이물을 좋아했던지라, 이상하게 가슴이 두근거렸다.

내 엄청난 호기심은 결국 실행으로 이어졌다. 누구에게 말하는지도 모를 그 지령을, 누가 시키지도 않았는데 혼자 따르기 시작한 것이다. 아침에 일어나면 인스타그램을 켜고 그 계정을 확인한다. 글을 해독하고, 지령을 수행한다. 이것이 지난 한 달간의 내 일상이었다.

"오늘은 빨간 옷을 입으란 말이지? 좋아."

솔직히 말하자면, 한 달 동안 아무 일도 없었다. 당연하다. 지령이란 건 원래 내리는 사람과 받는 사람이 정해져 있고, 그 관계에서 나는 제삼자다. 내가 따른다 한들 무슨 일이 일어날 리가 없다. 그런데도 이런 의미 없는 행동을 하는 건, 내 삶이 지루하기 때문이다.

몇 년 동안 똑같이 '집, 회사, 집, 회사, 집, 회사'의 반복. 가끔 나는 왜 사는가 싶을 정도로 무료했다. 만날 사람이 없는 건 그렇다 치고, 할 게 없다는 게 문제였나 보다. 이 '할 것'은 내 일상에 소소한 재미를 주었다. 난도가 높을수록 더 재미있다는 게 증거다.

"아, 빨간색 옷이 이것밖에 없어? 지령이니까 어쩔 수 없지."

가끔은 그런 망상도 해봤다. 혹시 이 지령을 수행하는 것이 나비효과가 되어 무슨 일이 일어나는 게 아닐까? 어쩌면 나도 모르는 사이에 이 지령을 수행한 행동이 내 목숨을 구한 건 아닐까? 내가 지령을 수행함으로써 누군가 목숨을 구했다거나, 혹은 누군가 목숨을 잃은 건 아닐까? 이런 망상을 하면 더 재밌어진다. 하지만 망상에서 그칠 뿐, 아마도 난 영영 알 수 없을 것이다. 이 인스타그램 계정의 의미와 목적이 무엇인지….

인터넷에 올려서 공론화하고 싶지도 않았다. 나 말고 누군가 답을 찾아줄 거라는 생각도 들지 않았고, 괜히 소란을 일으켜 계정이 사라지는 것도 원치 않았다. 혼자만의 비밀로 간직하며, 소소한 재미를 즐기다가, 어느 날 흥미를 잃으면 그만이다.

*

빨간 옷을 입고 회사에 출근해 앉으며, 난 또 상상했다. 내가 빨간 옷을 입고 온 것이 회사 상사에게 무의식적인 영향을 줬다면? 그 영향이 오늘 있을 중요한 계약에 미세한 변화를 가져오는 거 아닐까? 빨간 옷을 일곱 번 보면 행운이라는 징크스를 가진 누군가가 주변에 있는 게 아닐까? 산업 스파이용으로 개발된 초파리 로봇이 존재하는데, 빨간색을 포인트로 잡아 좌표를 설정한다면? 내 책상의 위치에 좌표가 하나 필요하기 때문에 빨간 옷을…. 이런 망상으로 오전을 보낸 뒤 점심시간, 식당에서 누군가의 말이 들려왔다.

"기상 캐스터 홍혜화 있잖아. 오늘 빨간 원피스 입고 나왔는데 장난 아니더라."

오! 망상의 재료다. 나는 곧장 그녀가 미스터리한 인스타그램 계정의 주인공이라고 상상했다. 매일 주어지는 인스타그램 계정의 지령은 그녀를 향한 것이었고, 그녀는 그 지령을 매일 충실히 따르고 있다고 말이다. 밥을 먹으며 무심코 홍혜화의 SNS에 들어가 봤다.

'어? 어제 냉면 먹었네?'

냉면을 먹으라는 건 어제의 지령이었다. 우연인가? 설마, 아니겠지? 가벼운 마음으로 그녀의 인스타그램을 들여다보던 나는, 순간 숟가락을 놓고 진지해졌다. 그녀의 인스타그램 속 일상과 미스터리 계정 속 지령이 완벽하게 대입되는 게 아닌가. 잠시 훑어보는 것만으로도 숨겨진 지령과 겹치는 부분을 열 개는 더 찾아낼 수 있었다. 이럴 수가. 이건 우연이 아니다. 그 지령은 분명 그녀에게 내려진 것이었다. 미모의 기상 캐스터에게 내려진 이상한 지령! 혹시 간첩인가? 무슨 의미로 이런 짓을 꾸미는 걸까?

아니 잠깐. 그러면 그녀는 그 인스타그램 속 수백 개 지령을 모두 수행했다는 말 아닌가. 나는 급히 그 인스타그램 계정에 접속해서 과거의 지령을 해석해 보았다. 오늘처럼 별것 아닌 것도 있지만, 이상한 내용도 있었다. 궁금하다. 그녀는 왜 기꺼이 이런 지령을 수행하는 걸까? 홍혜화라는 접점을 찾게 되니 호기심을 참을 수가 없다. 이 기묘한 지령의 정체를 밝히고 싶다.

*

지난 며칠간 홍혜화를 관찰했다. 그리고 결국 그녀에게 다이렉트 메시지를 보냈다.

[이 인스타그램 계정을 아시죠? 오늘 모자를 쓰신 건 이 계정의 지령 때문이지요?]

수십만 팔로워를 가진 그녀였기에 보통 때라면 메시지를 무시했겠지만, 난 분명 그녀가 답장하리라고 자신했다. 읽기만 한다면 말이다. 예상대로, 그녀에게서 답장이 왔다.

[어떻게 아셨죠? 어디까지 아시죠?]

나는 내가 알아낸 것을 가감 없이 털어놓았다. 우연히 암호 계정을 찾게 된 것, 또 우연히 그녀가 그 실행자라는 걸 알게 된 점을 말이다. 그녀는 이 사실을 퍼트리지 말아 달라며, 뜻밖의 메시지를 보냈다.

[전화로 얘기하죠. 제 전화번호는….]

내가 텔레비전에 나오는 유명한 사람의 전화번호를 얻다니! 가슴이 뛰었다. 조심스럽게 그녀에게 전화를 걸었다.

"안녕하세요."

"네. 안녕하세요."

막상, 말을 꺼내기가 어려웠다. 그래서 대뜸 물었다.

"도대체 이게 다 뭐죠? 그 계정은 뭐고, 그걸 해야 하는 이유와 의미는 뭔가요?"

그녀는 한숨을 내쉬더니 말했다.

"미친놈이에요."

"예?"

"아무 의미도 없어요. 그냥 저를 자기 맘대로 할 수 있다고, 지배했다는 느낌이라도 얻고 싶은 거겠죠. 전 그 미친놈에게 협박당하고 있거든요."

"협박이요?"

"네. 그 계정에서 시키는 대로 하지 않으면, 제 동영상을 인터넷에 풀어버리겠다고 말이에요."

"아…."

난 무슨 동영상이냐고 차마 묻지 못했다. 그녀의 목소리는 짜증과 속상함으로 가득했다.

"그 동영상이 뭐 별건 아니지만…. 풀리면 곤란하긴 하거든요. 그리고 보셔서 아시겠지만, 대수롭지 않은 것들이잖아요? 그래서 그냥 하는 거예요. 미친놈 자극하고 싶지도 않고요. 이걸 도대체 언제까지 해야 할는지 모르겠지만. 하아…."

그녀의 사정을 모두 들은 내가 할 수 있는 말이라곤 하나밖에 없었다.

"힘내세요."

"감사합니다. 누군가에게 처음으로 털어놓는 건데, 기분이 좀 나아지네요. 아! 이 사실은 절대 비밀로 해주세요. 그 미친놈이 어떤 짓을 저지를지 모르니까요."

"알겠습니다. 힘내세요."

"고마워요. 성함이 어떻게 되세요? 번호 저장하게요."

"아, 김남우입니다."

"네. 좋은 하루 보내세요."

모든 의문이 풀렸다. 그 행위들이 무슨 의미였나 했더니, 수행 자체에 의미가 있던 거였구나. 미모의 기상 캐스터가 자신의 지령을 따름으로써 느껴지는 희열. 과연 미친놈이다. 그리고 똑똑한 놈이다. 지령의 난도가 높았다면 그녀도 다른 방법을 찾아봤겠지만, 교묘하게 선을 넘지 않는 지령들이었기에 그냥 수행하고 마는 것이 아니겠는가. 어쩐지, 왜 별것도 아닌 걸 시키나 했더니 그게 다….

이후, 그녀에게서는 종종 연락이 왔다. 그동안 혼자 속으로만 앓던 짜증을 풀 대상을 찾은 느낌이었다.

[오늘 지령 보셨죠? 아니, 2월에 무슨 반팔을 입으라는 거예요? 미친놈 아니에요 진짜?]

난 그녀가 원하는 대로 함께 그놈을 욕해주었다. 그럴 땐 그녀의 만족감이 느껴졌다.

[방구석에만 처박혀 있어서 바깥 날씨를 모르는 거 아니겠습니까?]

[하하하. 그럴 수도 있겠네요.]

이렇게 유명한 사람과 친해질 수 있다니? 지루하고 평범한 내 인생에 이런 일이 있을 줄은 몰랐다. 그녀와의 친밀도가 높아질수록, 가슴이 두근거렸다. 솔직히 말해서, 얼마나 아름다운 여자인가? 남자라면 누구라도 그럴 수밖에 없다. 물론, 절대 티를 내진 않았다. 그녀가 갑자기 거리를 두지 않도록. 그러면서 말도 안 되는 상상을 했다. 이렇게 점점 그녀와 친해지다가 혹시, 연인 사이로 발전한다거나…. 이 망상은 쉽게 끊을 수 없었다. 그녀와 서로 반말을 할 만큼 가까워졌기 때문이다. 그리고 그녀의 지령 수행을 돕기 위해 직접 만나기까지 했을 때, 난 그녀에게 더 빠져버렸다.

"오빠! 그 미친 새끼가 말이야, 전에는 뭘 시켰는지 알아?"

그녀는 만나자마자 화난 얼굴로 자신이 고생한 일들을 떠들어댔지만, 난 그 내용보다 그녀의 얼굴을 보느라 넋이 나가 있었다. 이후로도 이런 만남은 가끔씩 이어졌고, 내 생각에 우리는 꽤 '친하다'고 말할 수 있는 수준까지 발전했다. 그녀는 몰라도, 그녀를 향한 내 이성적인 마음은 점점 커졌다. 그럴수록 그녀의 지령 수행을 적극적으로 도왔다.

"오빠! 고마워! 미친놈이, 군고구마를 갑자기 어디서 구해서 그걸 개한테 먹이라는 거야? 어휴!"

"힘내. 오후에도 스케줄 있지?"

"응. 하여튼 군고구마 구해줘서 고마워."

단순히 지령 수행에 필요한 도구를 구해주는 것에서부터, 두 명 이상이 필요한 지령을 수행하는 일까지도.

"이거 봐봐. '엘리베이터에서 앞사람에게 스티커를 붙여라.' 옛날에 내가 이런 걸 혼자 어떻게 했겠어? 핑계 대면서 도와달라고 하는 것도 한두 번이지, 날 얼마나 이상한 사람으로 봤겠느냐고. 오빠가 있어서 정말 다행이다."

"아니 뭘…. 언제든지 도와줄게."

아무것도 아닌 나 같은 사람이 그녀처럼 유명하고 예쁜 여자와 이런 사이가 될 수 있다니! 이게 다 그 지령 덕분이었다. 지령이 있는 날에는 거의 빠짐없이 그녀가 내게 연락했다. 아주 가끔 그 계정에 사진이 올라오지 않은 날이면, 그녀는 좋을지 몰라도 솔직히 난 아쉬웠다. 감히 내가 먼저 그녀에게 연락할 순 없었다. 그녀에게 '밥 먹었어?' 같은 문자를 남기는 상상을 하면, 아찔해진다. 그녀에게 얼마나 많은 남자가 치근거렸겠는가. 그녀가 부담을 느끼고 거리를 두는 게 내게는 가장 두려운 일이다. 나는 철저하게 '지령 도우미' 역할을 자처했다. 그게 나 같은 사람이 그녀와 계속 관계를 유지할 수 있는 유일한 방법이다.

어느새, 내 일상은 홍혜화를 중심으로 돌아가고 있었다. 아침에 일어나면 제일 먼저 그 계정의 지령을 해독하고, 내가 필요한 지령이면 기뻐하고, 필요하지 않은 지령이면 그녀가 내게 짜증이라도 풀기 위해 연락하기를 기다리고. 회사에 출근해서 핸드폰만 들여다보니, 누군가는 여자친구가 생겼냐고 묻기도 했다. 그녀가 내 여자친구라면 얼마나 좋을까?

당연히 불가능한 일이란 건 알고 있다. 그녀가 내게 하는 모든 연락은 지령 관련이라는 걸 알기 때문이다. 지령이 없는 날에는 단 한 번도 연락이 오지 않았다. 그녀에게 난 그런 존재다. 그녀의 주변에 잘생기고 멋진 사람들이 얼마나 많겠는가. 난 그냥 이렇게 그녀가 날 이용해 주는 것만으로도 감사해야겠지.

요즘 불행한 날은 그 이상한 계정이 게시물을 올리지 않은 날이었고, 자연스럽게 그 계정은 10일, 20일, 30일, 31일에 쉰다는 걸 알게 되었다. 그녀에게는 그날이 휴일이겠지만, 난 아침부터 재미가 없는 날이다. 한 번은 하루에 게시물 두 개가 올라온 적이 있었는데, 너무 화가 났다. 이럴 거면 하나 아껴뒀다가 10일에 올리지!

6월 30일. 인스타그램에 게시물이 올라오지 않아서 난 '홍혜화 금단현상'을 겪고 있었다. 혹시 오후에라도 갑자기 긴급 지령을 내리진 않을까? 난 의미 없이 그 계정의 피드를 계속 새로고침 했다. 정말 밋밋한 풍경 사진들이다. 규칙성이라고는 하나도 없는 막 찍은 사진들의 총합….

이 미친놈은 어디 살길래 이런 사진을 찍을까? 이 미친놈은 도대체 왜 그런 하잘것없는 지령만 시킬까? 내가 그녀의 약점을 쥐고 있다면 그러진 않았을 것 같은데. 별것 아닌 약점이라서 별것 아닌 것을 시킬 수밖에 없는 거겠지? 과감한 요구를 했다가 그녀가 신고할까 봐? 그녀에게 휴일까지 주는 걸 보면 철저한 놈일지도….

“응?”

무심코 그 인스타그램 화면의 스크롤을 내리던 중 뭔가 이상함을 느꼈다. 하지만 다음 순간, 모든 생각이 날아갔다. 홍혜화에게서 전화가 왔다. 최초로, 지령이 없는 날의 전화다. 나는 허겁지겁 통화 버튼을 눌렀다.

“어, 어! 혜화야? 무슨 일이야?”

“오빠….”

그녀의 목소리는 무척 지쳐있었다.

“지금 와줄 수 있어…?”

“어? 어어! 갈 수 있어. 무슨 일인데?”

“너무 힘든 일이 있어서…. 오빠, 술 마시지?”

힘든 일이 있어서 나를 부른다고? 나를?

“그, 그래. 당연하지.”

“응. 내 아파트로 와줘.”

“어어, 그래. 저번처럼 비상계단으로 갈게.”

전화를 끊고, 미친 듯이 뛰는 심장을 진정시키느라 애썼다. 솔직하게, 있었다. 생각도 부끄러워서 숨겨두었지만, 그런 기대를 해왔다. 이렇게 부담 없이, 늘 좋은 오빠로 관계를 유지하다 보면 언젠가 이런 날이 오지 않을까? 그날이 바로 오늘인가? 정말로 그런 날이 온 건가? 지령 도우미가 아닌, 기댈 수 있는 한 남자로 인식된 걸까?

“흥분하지 마!”

진정하자. 티 내지 말고, 자연스럽게.

*

"오빠 왔어…?"

그녀는 초췌한 모습으로 문을 열어주었다. 무슨 일이 있길래! 내 가슴이 다 아프다.

"나 먼저 마시고 있었어."

그녀의 손에 들린 술잔이 바닥을 보였다. 내게 소파 자리를 권한 그녀는 주방으로 가 술을 따라왔다. 양손에 가득 찬 술잔을 든 그녀가 돌아왔을 때, 난 물었다.

"무슨 일인데?"

"어휴."

그녀는 내게 술을 건네고, 다른 손의 술을 한 모금 마시더니 말했다.

"그 미친놈밖에 더 있겠어?"

"아아…."

아, 역시 그 인스타그램이었구나. 나는 술을 한 모금 마시고 핸드폰을 꺼내 인스타그램 계정에 접속하며 물었다.

"무슨 일인데? 오늘은 10일이라서 아무 지령도 없지 않아?"

"10일이라서 아무 지령도 없다고?"

"어. 보통 10일, 20일, 30일에는 게시물을 안 올리더라고. 몰랐구나?"

"그렇구나…."

그녀는 침울한 얼굴로 술잔을 들었다. 난 걱정스레 물었다.

"무슨 일인데?"

"그 미친놈 때문이지 뭐."

"음."

계속된 지령 수행에 갑자기 자괴감이라도 든 걸까? 약점으로 잡힌 동영상이 어떤 것인지 모르겠지만, 그녀가 신고해 버리면 나와의 관계도 끝일 텐데. 나는 조심스럽게 물었다.

"저기, 있잖아. 네가 약점 잡힌 동영상 말이야. 그 동영상이 너한테 치명적인 거야?"

"아니…. 별것 아니야."

그녀는 얘기하기 싫은 듯 술잔을 들었고, 나도 술잔을 들었다. 내가 지금 그녀를 위로할 수 있는 방법은 이렇게 함께 술을 마셔 주는 것밖에 없다. 우울한 그녀의 기분이 나아지길 바라며, 난 핸드폰 화면을 내밀었다.

"아, 맞다! 내가 아까 뭘 좀 발견했는데 말이야."

"응?"

"이 미친놈 말이야. 내가 말했다시피 10일, 20일, 30일에는 게시물이 안 올라오잖아? 31일도 마찬가지고. 왜 그런 줄 알아?"

"왜 그런데?"

"끝에 피드를 맞추고 있는 거야 이 미친놈."

난 풍경 사진들을 아래로 내리며 보여주었다.

"이렇게 한 줄에 사진 세 칸씩 볼 수 있잖아? 그거 아홉 칸 맞추는 거야. 1일부터 9일까지 하면 딱 아홉 칸이 채워지니까, 10일 단위로 쉬는 거지. 31일도 쉬고."

"아…."

"2월 28일 같은 경우는 29일이 없잖아? 그래서 28일 하루에 두 개를 동시에 올린 거야. 아홉 칸 맞추려고. 진짜 꼴값이지 않냐?"

"그러네."

그녀의 기분이 풀리는 듯했고, 난 그 계정의 피드를 계속 보여주었다.

"근데 피드 맞추기 하는 것치곤 통일성이 전혀 없지? 보통은 색깔을 맞추거나 그런 게 있어야 예쁘잖아. 여기 봐봐. 1월 1일부터 9일까지, 11일부터 19일까지. 이렇게 아홉 칸씩 맞춰놨는데, 너무 구리지 않니? 누가 이걸 피드를 맞추기 위한 거라고 생각하겠어?"

"으응."

"진짜 아무 의미도 없는 헛짓거리지. 단단히 미친놈이야."

나는 과장해서 계정 주인을 비웃었다. 이러면 그녀가 좋아하니까. 이 의미 없는 미친 짓을 조롱하려면…. 어어? 잠깐만. 이 계정은 원래 의미 없는 문장 속에 암호를 숨겨두었었잖아? 그럼 이 의미 없는 피드도, 정말 의미가 없을까?

"어? 잠깐만, 혜화야."

나는 아홉 칸으로 정렬된 인스타그램 피드의 좌측 최상단을 눌러 보았다. 1월 9일 자 게시물이다.

[집에서 나와 근처 길고양이에게 밥을 주는데,

털이 치즈 색깔이라 참 곱다.

참 잘 먹어 주어서 더 좋네.]

다음으로 아홉 칸의 정중앙인 1월 5일 자 게시물을 눌러보았다.

[소금을 넣는다는 게 잘못해서 큰 실수를 한 적이 있다.

농약을 친 밥이다.

펄펄 끓는 삼계탕이었다면 모르고 먹었겠지.

아 오늘은 삼계탕이나 먹어 볼까?]

마지막으로 아홉 칸의 우측 최하단 1월 1일 자 게시물을 눌러 보았다.

[아끼는 고양이를 입양 보냈었는데, 슬픈 소식이다.

다이아몬드 반지를 삼켜서 죽었다고 하는데… 말이 되나?

죽인 고양이를 보여줘 인스타에다가]

계단식 암호 해독법…. 좌측 최상단의 첫 번째 줄 문장. 중앙의 두 번째 줄 문장. 우측 최하단의 세 번째 줄 문장을 합치면?

"집에서 나와 근처 길고양이에게 밥을 주는데, 농약을 친 밥이다. 죽인 고양이를 보여줘 인스타에다가?"

"…무슨 말이야 오빠?"

"어어, 잠깐만!"

같은 방식으로 1월 11일부터 19일까지의 피드를 계단식으로 해독하면….

"놀이터에서 놀고 있는 아기에게…. 마스크를 쓰고 접근해서…. 담뱃불로 지져라?"

1월 21일부터 29일은?

"친구 집에서 기르는 강아지…. 아무도 보지 않는 사이에…. 17층 난간 밖으로 던져라? 헐!"

문장이 완성된다! 모두 그럴듯한 문장이 완성된다!

"혜화야! 이거 봐봐! 이렇게 피드를 계단식으로 읽으면 문장이 완성되는데…."

그녀를 돌아보던 난 흠칫 놀랐다. 왜 이렇게 표정이 없지?

"문장이 완성되는데 뭐?"

"어? 어어…. 문장이 이렇게 완성이 되는데…."

그녀는 내가 내민 핸드폰으로 시선을 주지도 않고, 내 얼굴만 바라보았다. 난 물었다.

"너…. 이미 알고 있었어…?"

그녀는 대답하지 않았다. 온몸에 소름이 올라온다. 난 그녀가 잡힌 약점이 그리 치명적이진 않을 거라고 생각해 왔다. 그래서 그놈이 선을 넘지 않는 지령을 시키는 것이고, 그녀가 수행하는 것이라고 말이다. 그게 아니었다면? 치명적인 동영상이라면? 그녀가 그동안 어떠한 지령이라도 수행해온 것이라면? 10일, 20일, 30일이 그녀가 쉬는 날이 아니라 '진짜 지령'을 수행하는 날이었다면? 나는 떨리는 눈으로 그녀를 보았고, 그녀는 무표정하니 아무 말이 없었다. 견딜 수 없는 침묵이 몇 분이나 이어진다. 머리가 어지럽다.

손목시계를 확인한 그녀가 드디어, 입을 열었다.

"오빠. 6월 21일부터 6월 29일까지는 뭐야 그럼?"

그녀의 목소리가 담담하다. 나는 겨우 손가락을 놀려, 6월 29일인 어제 올라온 게시물의 첫 번째 줄을 읽어보았다.

"거슬리는 그 남자를 집으로 초대해서 …."

6월 25일의 두 번째 줄 문장은….

"몰래 수면제를 먹인 뒤 …."

6월 21일의 세 번째 문장은….

"네 손으로 직접 죽여 …."

이게 뭘까?

"오빠 좀 더 마실래? 아니면, 충분한가?"

어지럽다. 생각하고 싶지가 않다. 그녀의 목소리가 아득하다. 잠시만 쉬고, 다시 그녀와 이야기를 해봐야겠다.

악당과 악당의 거래

도둑질 장인은 흔치 않다. 장인이 되기 전에 죄다 경찰에 잡히기 때문이다. 그런 의미에서 도둑질 무검거 15년 경력의 그는 장인이라고 할 만했다. 사실 그 비결은 안전한 집만 터는 것이었는데, 어젯밤 드디어 그는 평소 꿈꿔왔던 재벌가 털이를 감행했다. 그는 이번 일을 마지막으로 은퇴하리라 결심했다. 한데 하필 마지막에 덜미를 붙잡힐 줄이야. 새벽에 그를 찾아온 형사는 모든 것을 알고 있었다.

"도둑질 솜씨가 정말 훌륭하더군. 내가 아니라면 그 누구도 널 잡을 수 없었을 거야."

장인은 절망했다. 역시 악당에게 좋은 은퇴란 없는 것일까. 그런데, 그때.

"교도소 수감을 피할 방법이 있는데, 어때?"

"예? 그게 무슨?"

"네가 어제 훔쳐 간 모든 것을 내놓고, 어떻게 훔쳤는지 모든 과정을 상세하게 적어줘. 그러면 내가 다른 사람이 저지른 것으로 해주지."

"예? 그게 정말입니까?"

"물론."

형사는 선심 쓰는 듯 말했지만, 장인은 의심할 수밖에 없었다.

"왜죠? 무엇 때문에…?"

"아무런 조건 없어. 그냥 너도 좋고 나도 좋은 일이라는 것만 알면 돼."

"조건이 없다…?"

장인은 긴장했다. 증거를 잡기 위해 괜히 떠보는 것일 수도 있겠다고 의심한 그는, 아마추어처럼 쉽게 넘어가선 안 된다고 생각했다.

"제가 왜 형사님 말씀을 들어야 하죠?"

"뭐라고? 그럼 이대로 잡혀갈 건가?"

"증거는 있으세요?"

"당연히 있지! 지금 자네 집만 수색해도 증거는 수두룩하게 나올 텐데?"

"글쎄요? 여기 있을까요? 영장은요?"

장인은 잔뜩 경계하며 형사의 말에 하나하나 따지고 들었다. 열이 오른 형사는 버럭 화를 내려다가 손목시계를 확인하더니, 심호흡을 하며 목소리를 낮췄다.

"좋아. 시간이 없으니 솔직하게 얘기하지. 내가 원하는 건 알리바이야."

"예?"

"이름을 밝힐 수 없는 누군가가 어젯밤 살인을 저질렀어."

"헐?"

"경찰 수사가 들어간다면 아마도 그는 잡힐 거야. 하지만 말이야, 만약 그가 어젯밤에 누군가의 집을 털고 있었다면? 그의 알리바이는 완벽해지지. 한 인간이 동시에 두 곳에 존재할 수는 없으니까."

"아!"

"그는 자네에게서 받은 장물을 들고 가 오늘 자수할 거야. 그렇게 되면 그에겐 어젯밤 일에 대한 완벽한 알리바이가 생기겠지. 살인보다는 도둑질이 낫잖아? 게다가 자수한다면 형량도 어느 정도 정상참작이 될 거야. 그런 위치에 있는 양반이기도 하고…. 어때? 이제 이해하겠나? 내가 왜 자네를 도와주려고 하는지?"

"허. 정말."

장인은 감탄했다. 확실히 그럴듯한 이야기였다. 하지만 경계를 완전히 풀 순 없었다.

"그가 누군데요?"

"그건 말해줄 수 없어. 다만, 내가 이렇게까지 해야 할 정도의 집안이라고만 알아 둬."

"죽은 사람은요?"

"이래도 될 정도인 집안의 여자."

장인은 어이없다는 듯 웃었다.

"하. 돈이란 게 정말 대단하긴 대단하네요. 있는 집안 인간들은 사람을 죽여도 빠져나갈 길이 있군요. 죽은 여자만 불쌍하게 됐네요."

"쓸데없는 소리 하지 말고! 내 말대로 할 거지?"

장인은 고민했다. 형사의 말이 사실이라고 치면 거절할 이유가 없었다. 하지만 아무나 15년 무검거 경력의 도둑질 장인이 되는 건 아니었다. 그는 형사가 상상도 못 한 제안을 했다.

"그냥은 안 돼요. 돈을 주면 내 도둑질을 팔게요."

"뭐라고?"

형사는 지금 무슨 말을 들은 건가 싶어 황당한 얼굴로 장인을 노려보다가 분노했다.

"미친! 지금 네가 그런 말을 할 처지라고 생각하나?"

"마음대로 하세요. 저는 왠지 그 누군가가 지금 굉장히 급한 처지라는 생각이 드네요. 안 그래요? 이렇게 새벽부터 찾아오시고 말이에요."

"이!"

형사의 얼굴이 처참하게 일그러졌지만, 장인의 얼굴은 느긋했다. 형사는 곧, 절레절레 고개를 흔들었다.

"거참! 도둑질을 팔겠다는 건 살다 살다 처음 듣네. 좋아! 얼마를 원하나?"

장인은 씩 웃으며 말했다.

"형사님까지 움직여서 이럴 정도면 정말 대단한 집안의 분이시겠죠?"

"이봐!"

"그렇다고 너무 큰돈을 요구했다가는 형사님이 곤란하실 수 있으니까. 제가 훔친 장물에서 골드바만 가질게요."

"뭣? 그건 안 돼! 장물이 있어야 자수를 하지!"

"골드바 몇 개 정도는 그쪽에서 만들 수도 있잖아요?"

"그건…."

"그 정도는 되는 집안일 거 아니에요? 그러니까 사람을 죽이고도 이렇게 피해가지."

인상을 쓴 형사는 상의를 해야겠다며 전화를 걸러 나갔다. 잠시 뒤 돌아온 형사는 말했다.

"좋아. 골드바는 모두 가져. 나머지 장물을 모두 넘기고, 도둑질을 어떻게 했는지 아주 상세하게 모든 과정을 적어 줘. 조금도 틀려선 안 돼! 알리바이로 써야 하니까."

장인은 환하게 웃으며 악수를 청했다.

"걱정하지 마세요! 저의 어젯밤을 통째로 드릴 테니까!"

*

해가 중천에 뜬 오후. 재산을 정리한 장인은 밀항선을 타고 해외로 빠져나가는 중이었다. 어차피 그날 밤 은퇴를 결심하면서 정해진 일정이었다. 그의 손에 들린 스마트폰 속 영상에서는 지금 떠들썩한 그 사건에 대해 사회자들이 토론하고 있었다.

[재벌 3세의 일탈 사건, 논란이 되고 있습니다. 사건이 좀 복잡하던데,

일의 순서가 정확히 어떻게 되는 거죠?]

[예. 그러니까 보근기업의 차남 최무정 씨가 경찰에 자수했습니다. 술에 취해 자산가 김모 씨의 집을 털었다는 얘기였는데요. 경찰 조사 결과 모든 증거와 상황이 일치하는 것으로 나타났습니다. 경찰은 다음 날 바로 자수를 한 점과 몹시 반성하고 있는 점을 들어 정상참작을 해주려고 했습니다. 문제는 자산가 김모 씨의 방 침대 밑에서 김모 씨의 사체가 발견되었다는 점입니다. 사망 시각을 추정해 보면 최무정 씨가 도둑질 도중 들켜서 우발적으로 살인을 저지른 것으로 보입니다. 현재 최무정 씨는 강력하게 부인하고 있지만, 증거와 알리바이는 모두 최무정 씨를 가리키고 있지요.]

도둑질을 파는 김에 덤까지 얹어준 장인은 휘파람을 불며 악당의 최후를 지켜보았다.

이상한 미용실

작은 미용실의 문이 열리며 한 소녀가 들어왔다. 푸근한 인상의 주인이 소녀를 반갑게 맞이하며 소파를 가리켰다.

"어서 오세요. 이쪽에 앉아서 기다리세요."

다소 멍한 표정의 소녀는 주인이 가리키는 소파로 가 앉았다. 작은 미용실 안에는 미용 의자가 세 개 있었고, 소녀의 정면으로 미용 의자에 앉아있는 세 사람의 등이 보였다. 뽀글뽀글 파마를 말아놓은 세 사람은 왼쪽부터 빨간색, 파란색, 하얀색 보자기를 머리에 뒤집어쓴 상태였다. 곰곰이 생각에 잠겨있던 소녀는 주인을 올려다보며 물었다.

"제가 여기 어떻게 온 거죠? 왜 왔죠?"

그 이상한 질문에도 주인은 놀라지 않았다.

"아마 우리 아가씨가 미워하는 사람이 있나 보다. 안 그래요?"

"미워하는 사람이요…?"

미간을 살짝 좁힌 소녀는 두 얼굴을 떠올렸다. 같은 고등학교에 다니는 단짝 혜화와 진주다. 늘 셋이서 붙어 다녔는데, 혜화와 한 번 다툰 이후로 소녀만 소외되기 시작했다. 다른 친구가 없었던 소녀에게는 그것만으로도 엄청난 스트레스였는데, 심지어 소녀에 대한 나쁜 소문까지 돌아서 미칠 지경이었다.

"걔들 아니면 그런 헛소문을 퍼트릴 애들이 없다고요!"

"아유 참 나쁜 애들이네. 복수하고 싶지 않아요?"

"네?"

무심코 속내를 말한 소녀는 주인의 의미심장한 말에 집중했다.

"당신도 나쁜 소문을 퍼트리는 거예요. 제게만 조용히 말해주세요."

"무슨…."

"그 아이들이 퍼트린 헛소문이 뭐였죠? 똑같이 갚아줘 볼까요? 어서요."

주인이 귓가에 손을 가져다 대며 다가오자, 소녀는 자기도 모르게 속삭였다.

"혜화… 혜화가 친구의 에어팟을 훔쳤어요."

"어머나!"

과장되게 놀란 표정을 하며 물러난 주인은 웃으며 고개를 끄덕였고, 거울 앞에 앉아있는 세 명의 손님 중 하얀 보를 뒤집어쓴 손님에게 다가갔다. 주인이 그 손님에게 조용히 귓속말을 속삭이자, 손님은 깜짝 놀란 듯한 몸짓을 해댔다. 주인은 웃으며 미용실 안쪽 방으로 사라졌고, 하얀 천을 뒤집어쓴 손님이 옆자리 손님을 향해 크게 몸을 돌렸다. 그 순간, 소녀는 깜짝 놀라 헛숨을 삼켰다. 그들 모두 눈과 코가 없이 입만 존재하는 게 아닌가. 하얀 보를 쓴 손님이 속삭이자, 셋은 깔깔거리며 웃기 시작했다. 겁에 질린 소녀는 얼른 미용실을 뛰쳐나갔다.

그리고 꿈에서 깼다.

*

소녀는 학교에 도착하자마자 깜짝 놀랐다. 자신이 꿈에서 말한 얘기가 전교에 퍼져있는 게 아닌가.

"미순이 에어팟 사라진 거 있잖아? 그거 홍혜화가 훔친 거였대!"

"진짜? 도둑년이네!"

소녀는 혜화가 책상에 엎드려 우는 모습을 보며 당황했다. 자신이 그렇게 만들었단 말인가. 약간의 죄책감이 느껴지려던 그때, 진주가 소녀를 찾아왔다.

"야! 혜화 헛소문 네가 퍼트린 거지?"

"뭐?"

"너 말고 그런 소문 퍼트릴 애가 어딨어! 너 진짜 나쁜 년이다. 애가 어떻게 그래?"

"뭐라고?"

소녀는 울컥했다. 소녀를 향해 한바탕 비난을 쏟아낸 진주는 울고 있는 혜화를 위로하러 갔고, 그 모습은 소녀에게 한 가지 욕망을 일으켰다. 오늘 밤 또 그 꿈을 꾼다면, 이번 소문의 표적은 진주라고.

*

소녀는 또다시 작은 미용실의 문을 열었다.

"어머! 어서 와요. 여기로 와 앉아요."

소녀는 쭈뼛대며 소파에 앉았다. 힐끔거리는 눈은 거울 앞에 앉은 세 손님을 좇고 있었는데, 눈과 코가 없는 그들의 얼굴이 얼핏 보일 때마다 소름이 돋았다. 푸근한 인상의 주인은 소녀에게 말했다.

"또 소문내고 싶은 사람이 있어요?"

"아…."

움찔 놀란 소녀는 곧 작게 고개를 끄덕였고, 주인이 귀를 가져다 댔다. 소녀는 속삭였다.

"진주가… 자기 속옷을 돈 받고 팔았어요."

"어머!"

웃으며 물러난 주인은 하얀 보를 뒤집어쓴 손님에게로 가 뭔가를 속삭인 뒤 미용실 안쪽으로 빠져나갔다. 하얀 보를 쓴 손님은 주인이 사라지자마자 옆자리로 몸을 돌렸고, 무언가를 속삭였다. 곧, 어제처럼 그들은 깔깔거리며 어깨를 들썩거렸다. 소녀는 그들의 반응을 확인하고 얼른 도망치듯 미용실을 떠났다.

*

소녀는 진주가 울면서 조퇴하는 모습을 지켜보았다. 소문의 힘은 엄청났다. 소문이란 것은 스스로 증식하기까지 했는데, 아침에는 속옷 판매에 불과하던 소문이 점심때가 되니 매춘을 했다는 내용으로 부풀려져 있었다. 소녀는 복수의 통쾌함과 약간의 두려움으로 감정이 복잡했다. 그래도 분명한 건, 이런 마음가짐이 싹트기 시작했다는 것이다.

'누구든 내게 까불기만 해봐.'

힘. 그녀는 아주 큰 힘을 얻었다고 생각했다. 이후 그녀는 원할 때마다 그 힘을 사용했다. 마음에 안 드는 아이들의 평판을 죄다 떨궜고, 자신을 크게 혼낸 선생님은 불륜 소문으로 전근시키기도 했다. 소문의 대상자들이 진실을 증명하기는 정말로 힘들었고, 증명한다 해도 예전으로 돌아갈 수 없었다. 고3이 되었을 때도 누군가의 소문을 퍼트린 적이 있는데, 그건 아무런 원한 없이 순전히 수험 스트레스 해소용이었다.

대학에 들어가 바빠진 그녀는 한동안 미용실을 찾지 않았다. 그녀가 다시 미용실을 찾게 된 건, 첫사랑을 시작하면서였다. 그녀는 한 선배에게 첫눈에 반했지만, 인기가 너무 많은 선배라는 게 문제였다. 그런 그녀가 떠올린 방법이 바로 소문으로 그 선배의 인기를 떨어뜨리는 것이었다. 물론, 너무 심한 소문은 안 된다. 경쟁자들이 떨어져 나갈 정도의 적당한 소문이 좋았다.

*

소녀는 오랜만에 작은 미용실의 문을 열고 들어갔다. 이제는 익숙해졌기에 세 명의 손님이 무섭지 않았다. 소녀가 자연스럽게 소파에 앉자, 주인이 다가왔다.

"왔니? 오늘은 무슨 소문일까?"

"네."

소녀는 미리 생각해 온 선배의 소문을 떠올렸다. 과하지 않고 적절한 소문.

"김남우 선배가 사실 가발을 쓰고 다닌다네요. 탈모가 오기 시작해서요."

"어머."

조금 미묘한 얼굴로 물러난 주인은 하얀 보를 쓴 손님에게 귓속말을 속삭인 뒤 사라졌다. 소녀는 손님들이 깔깔거리기 시작하면 미용실을 나설 참이었다. 한데, 미용실에는 정적이 흘렀다.

"어?"

당황한 소녀의 눈에 뒤돌아 자신을 바라보는 세 손님의 얼굴이 보였다. 입만 존재하는 반들반들한 얼굴. 손님들이 그녀를 주목하는 것은 처음 있는 일이었고, 그것은 그녀를 공포로 굳게 만들었다. 그때 들려온 귓가의 목소리가 얼어있던 그녀를 깨웠다.

"저들은 소문이 약해서 그러는 거예요."

"예?"

다시 나타난 주인이 웃으며 말했다.

"재미가 없다는 거죠. 그래도 괜찮아요. 저거 보세요."

빨간 보를 쓴 손님이 다른 둘에게 무언가를 쑥덕거리기 시작했다. 그러자 곧, 세 손님이 깔깔거리며 웃어대기 시작했다.

"뭐, 뭐죠?"

"새로운 소문을 만든 거예요. 저들의 마음에 흡족한 소문으로요."

"예? 무슨 소문을요?"

"글쎄요? 아마 엄청난 소문이겠죠?"

소녀의 얼굴이 불안해지자 주인이 부드럽게 위로했다.

"너무 걱정하지 마세요. 특별한 방법이 있으니까 문제가 생기면 언제든 말해요."

"아, 네…."

소녀는 불안한 얼굴로 미용실 문을 나섰다.

*

소녀의 안색이 새하얗게 질렸다.

"야 들었어? 김남우 선배가 글쎄, 과외 수업하던 미성년자를 성추행했대!"

"낙태까지 했다던데? 쓰레기 아니야?"

소녀는 선배에게 너무 미안했다. 다만 효과는 확실했다. 경쟁자들은 모두 떨어져 나갔고, 그녀는 오히려 힘들어하는 선배를 위로하며 더 쉽게 접근할 수 있었다.

"선배. 난 선배가 그런 짓 할 사람이 아니란 거 믿어요. 그런 헛 소문을 누가 퍼트린 거야 진짜?"

"고맙다. 너만 믿어주는구나."

소녀는 선배의 마음을 손쉽게 얻어낼 수 있었다. 하지만 희한한 일이었다. 점점 선배의 매력이 사라지는 게 아닌가. 모두가 동경하던 남자일 때는 그렇게 멋지던 선배가 지금은 너무 별로였다. 그녀는 선배와 거리를 두기 시작했고, 그가 입대했다는 소식을 건너 듣게 되었다. 그런데도 그녀의 죄책감은 크지 않았다. 이런 일까지 경험했으니 다시는 미용실에 가지 않을 줄 알았지만, 그렇지도 않았다. 대학 생활에는 짜증 나는 인간들이 너무나도 많았다. 잘나가는 친구부터 시작해서 조교, 교수까지. 그녀의 대학에는 온갖 소문이 난무했다.

미용실을 이용하던 소녀가 최근 알게 된 사실은 미용실 손님들의 극성이 날로 심해진다는 것이다. 소녀의 소문이 조금만 덜 자극적이어도 빨간 보를 쓴 손님이 새로운 소문을 만들어냈다. 초반에는 놀라던 그녀도 점점 무감각해졌다. 한 사람이 파멸하든 말든, 그건 다 그의 정신력이 약해서 일어난 일로 여겼다. 어차피 헛소문인데 당당하면 될 것 아닌가. 그녀는 죄책감 없이 미용실에 헛소문을 뿌려댔다.

그러던 어느 날, 그녀가 미용실에서 말하지 않은 소문 하나가 돌기 시작했다.

"우리 학교에 말도 안 되는 헛소문을 퍼트리는 미친 인간이 있다."

양치기 효과와 같았다. 그녀가 퍼트린 헛소문이 너무 많다 보니, 이제 웬만한 소문은 신빙성이 없었다. 자극적인 소문이 퍼져도 헛소문으로 치부되어 금세 시들었다. 대신, 이 미친 소문의 출처를 찾으며 욕하는 사람들이 늘었다. 포위망은 그녀에게로 좁혀지고 있었다.

"이상하지 않아? 여우 걔가 싫어하는 애들만 소문이 났잖아."

"그러고 보니, 여우가 김 교수한테 크게 혼난 다음 날에 그 소문이 났었지?"

"여우랑 조별 과제 했던 애들 네 명 중 세 명이 이상한 소문 퍼졌던 거 알아?"

"원래 여우 걔가 좀 음침했어."

소녀는 말도 안 되는 헛소문이라고 부인했지만, 그녀도 알다시피 소문은 증거를 원하지 않았다. 고민하던 그녀는 범인을 다른 사람으로 몰기로 했다.

"정재준이 학교에서 자꾸 헛소문을 퍼뜨린다고 그렇게 소문 내 주세요!"

좋은 생각이었지만, 문제가 있었다. 세 손님이 느끼기에 그 소문이 덜 자극적이었는지, 정재준에 대한 다른 끔찍한 소문을 퍼트린 것이었다. 이번에도 소문을 퍼트린 게 소녀라는 말이 떠돌자, 그녀에게는 돌파구가 필요했다. 평판이 더 떨어지기 전에 방법을 찾아야 했다. 정말 기가 막힌 방법이 떠올랐다.

'나쁜 소문만 소문은 아니잖아? 좋은 소문도 있잖아?'

미용실 문을 열고 들어간 소녀는 먼저 주인에게 물었다.

"좋은 소문도 퍼트려주나요?"

"물론이죠."

"그러면…."

소녀는 한 사람의 이미지를 만드는 건 아주 작은 소문 하나면 충분하다는 걸 알고 있었다.

"임여우가 매달 보육원 봉사활동을 다닌다네요."

"어머."

주인은 웃으며 하얀 보를 쓴 손님에게 귓속말을 속삭이고 빠졌다. 하얀 보를 쓴 손님은 옆으로 몸을 돌려 무언가를 쑥덕거렸는데, 소녀의 심장이 내려앉았다. 세 손님이 뒤를 돌아보며 그녀를 노려보는 게 아닌가. 숨이 멎을 듯 굳어버린 그녀의 눈에 파란 보를 뒤집어쓴 손님이 의자에서 일어나는 게 보였다. 곧, 그가 만세 자세로 무언가를 중얼댔고, 다른 두 손님이 손뼉을 쳐댔다.

"헉…."

소녀는 도망치듯 미용실을 빠져나갔다.

잠에서 깬 소녀는 불안했다. 그건 뭐였을까? 이런 반응은 처음이었다. 설마, 끔찍한 소문이 퍼진 건 아닐까? 내가 모든 일의 원흉이란 진실이 알려지진 않았겠지? 불안해하던 그 순간, 소녀의 핸드폰이 미친 듯이 울리기 시작했다.

'까톡! 까톡 까톡 까톡!'

화들짝 놀라 핸드폰을 확인한 소녀는 단체대화창을 보고는 경악했다.

[임여우가 자살하려는 학생의 목숨을 구했대!]

[임여우가 부모님께 장기를 이식해 드렸었다네!]

[걔가 1억 원이 든 가방을 주웠는데 주인을 찾아줬다네, 와!]

[여우가 매달 기부하는 곳이 열 군데가 넘는대!]

[어릴 때 도둑도 잡았었대!]

소녀가 눈으로 따라갈 수도 없을 만큼 좋은 소문이 넘치고 있었다. 더 놀라운 건, 그게 대학 안에서 끝나지 않았다는 거다.

[야! 뉴스 봤어? 지금 임여우 나와!]

"뭐라고?"

소녀가 급히 텔레비전을 틀자, 뉴스에 그녀의 사진이 떴다.

[보근 대학교에 재학 중인 임여우 양이 과거 북핵 문제를 해결했었다고 합니다.]

"뭐, 뭐야!"

[또한 임여우 양은 과거 중동 전쟁을 막아 수백만 명의 목숨을 구한 적도 있다고 합니다. 게다가 이번에 제3차 세계대전 발발을 막은 임여우 씨는 진정 이 시대의 현자, 성인입니다.]

그녀의 핸드폰은 미친 듯이 울려댔고, 인터넷도 온통 그녀의 이름으로 도배됐다. 곧이어 누군가 그녀의 원룸 문을 마구 두드렸다.

"임여우 씨! 저 보근일보 기자입니다! 사이비 교주를 때려잡은 일에 대해서 인터뷰 좀 부탁드립니다!"

소녀는 패닉에 빠져 아무것도 할 수 없었다.

"으으…!"

그녀는 집 안에서 한 발자국도 움직일 수 없었다.

*

미용실 문을 열고 들어가자마자 소녀는 외쳤다.

"이게 뭐예요! 어쩔 거예요 이거!"

소녀는 울먹이며 주인에게 따졌지만, 주인은 웃기만 했다.

"어머, 좋은 소문이 많이 퍼지면 좋은 거 아니에요?"

"좋긴 뭐가 좋아! 내 인생은 이제 끝났어! 내가 무슨 성녀고 현자고 성인이냐고! 완전 사람 정신병자를 만들어 놨어! 이거 어떻게 책임질 거야! 어쩔 거냐고!"

악을 쓰는 소녀를 보며 주인은 미소 지었다.

"특별한 방법이 하나 있긴 해요."

"당장 해줘요!"

주인은 미소 지으며 하얀 보를 쓴 손님에게 가 귓속말했다. 그 광경을 보고 있던 소녀는 다음 순간, 움찔 놀랐다. 하얀 보를 쓴 손님이 일어나 의자에서 내려오는 게 아닌가. 손님은 곧장 소녀에게로 다가갔고, 소녀는 뒷걸음질 쳤다.

"으…. 으으…?"

소녀의 앞에 선 손님이 양손을 자신의 관자놀이에 가져다 댔다. 그 광경을 본 소녀의 두 눈이 부릅떠졌다. 손님이 자신의 머리에 씌워진 보를 들어 올리고 있었다. 왕관처럼, 올려진 보 사이로 후광이 새어 나왔다. 소녀가 부들부들 떨던 그때, 손님이 손에 든 하얀 보를 소녀의 머리 위에 얹었다.

"아…!"

비로소 소녀의 머리 위에 보가 씌워졌다. 그리고 소녀의 얼굴에서 눈과 코가 사라졌다. 소문을 떠벌릴 입만이 남았다.

[긴급 뉴스입니다! 이 시대의 성인 임여우 씨, 아니, 임여우 님께서 우화등선하여 신이 되셨습니다! 실로 오랜만에 인류에게 새로운 신 하나가 추가되었습니다!]

*

작은 미용실의 문이 열리며 한 소년이 들어왔다.

"제가 여기 어떻게 온 거죠?"

멍하니 묻는 소년에게 주인은 말했다.

"미워하는 사람이 있나 보다. 안 그래요?"

주인은 푸근하게 미소 지었다. 얼마 안 가 소년은 주인에게 친구의 소문을 속삭였고, 주인은 하얀 보를 쓴 손님에게 가 귓속말을 속삭였다.

"해방되고 싶으면 똑바로 해!"

가해 총량

김남우는 온라인 커뮤니티에 올라오는 괴담을 즐겨 보았다. 특히 경험담 같은 이야기를 좋아했는데, 작성자가 끝까지 진짜인 척해야만 김이 새지 않았다. 물론, 그런 괴담들을 진짜라고 믿는 건 아니었다. 그래서 더욱 놀랐다. 설마, 괴담에 나오는 일을 실제로 경험하게 될 줄이야.

공원에서 만난 노신사의 복장은 글에서 본 그대로였다. 먼지 하나 없는 검은 양복과 하얀 장갑, 은색 단안경, 벨벳 상자를 내밀며 하는 말까지 똑같았다.

"돈을 벌 기회가 있는데, 어떻습니까?"

이미 내용을 알고 있었던 김남우는 마른침을 삼켰다. 그렇다면 저 안에 든 것은 아마도….

"아, 알겠습니다."

김남우의 대답이 끝나자마자 노신사는 주름 깊은 웃음을 지으며 상자의 뚜껑을 열었다. 안에는 역시나 '볏짚 인형'이 들어있었다. 노신사는 인형 옆에 있던 굵은 장침을 김남우에게 건네며 말했다.

"찌른 부위에 쓰여있는 만큼 돈을 드리겠습니다."

장침을 받아 든 김남우의 손이 떨렸다. 이름이 가려진 볏짚 인형에는 신체 부위별로 액수가 적혀있었다. 팔다리 10만 원, 몸통 100만 원, 머리 1000만 원, 심장 1억 원. 김남우가 커뮤니티에서 본 글의 작성자는 다리를 찌르고 10만 원을 받았다고 했다. '1억 원도 진짜 줄까?' 긴장한 김남우가 노신사에게 물었다.

"찌르면 어떻게 되는 건가요? 누군가 다치게 되나요?"

"그렇습니다. 하지만 당신은 돈을 벌겠죠."

"1억 원을 정말 준다는 건가요?"

"심장을 찌를 경우에만 말입니다. 심장을 찌르면 그는 죽습니다."

"으음…. 머리는요?"

"얼굴에 큰 상처가 남을 겁니다."

"몸통은 어떻게 되는 거죠?"

"원리는 같습니다. 찔린 부위를 다치는 겁니다."

"아, 예."

김남우는 가장 중요한 걸 물었다.

"이 인형은 누구죠?"

노신사의 미소가 진해졌다.

"알려드릴 수 없습니다."

"으음."

"자, 이제 한 곳을 찌르시죠."

김남우는 가슴이 울렁거렸지만, 내뺄 수 없었다. 야심 차게 개업한 카페가 쫄딱 망하면서 방세도 못 내는 신세였다. 그럼 어디를 찔러볼까? 10만 원? 의미 없다. 100만 원? 모자라다. 그렇다면….

"찌, 찌릅니다."

김남우는 떨리는 손으로 볏짚 인형의 머리에 장침을 찔러 넣었고, 흠칫 놀랐다. 마치 쇠젓가락으로 고깃덩어리를 지르는 것처럼 물컹한 감각이 느껴지는 게 아닌가.

"으아아아!"

김남우가 기겁하며 손을 뺀 순간, 노신사가 상자의 뚜껑을 탁 닫았다.

"감사합니다."

노신사는 품에서 5만 원권 뭉치를 꺼내 김남우에게 건넸다. 1000만 원을 확인한 김남우의 눈이 휘둥그레졌다.

"그럼, 저는 이만."

"자, 잠깐만요!"

김남우는 떠나려는 노신사를 다급히 붙잡았다. 그는 인터넷에서 본 글의 작성자가 묻지 못한 걸 물었다.

"이걸 왜 진짜로 주시는 거죠? 제가 뭘 했길래요?"

"누군가의 얼굴을 찌르지 않았습니까?"

"예? 아니, 그게 사실이라고 칩시다. 그럼 본인이 하셔도 되는데 왜 돈까지 줘가면서 남에게 시키시느냔 말입니다."

노신사는 친절한 미소로 설명했다.

"사람은 모두 각자의 '가해 총량'을 타고납니다. 평생 누군가를 해할 수 있는 총량이 정해져 있다는 거죠. 그 가해 총량을 제게 파는 거라고 생각하시면 됩니다."

"가해 총량…?"

"많은 연쇄 살인마들이 결국 잡히는 이유가 그겁니다. 타고난 가해 총량을 모두 사용하였기 때문에 마지막 피해자를 미처 죽이지 못해 꼬리가 잡히는 거죠."

평범한 김남우는 이해하기 힘든 개념이었지만, 손에 들린 돈뭉치의 감각은 진짜였다.

"그럼, 이건 그냥 제가 가져도 된다는 거죠?"

"그럼요. 아무 문제없는 돈입니다. 걱정하지 마세요."

노신사가 웃으며 떠난 뒤, 김남우는 실감했다. 방금 너무나도 쉽게 1000만 원을 벌었다. 물론, 누군가는 얼굴에 깊은 상처를 입었겠지만…. 그게 사실이 아닐 수도 있지 않은가. 애써 모른 척할 수밖에.

집세와 밀린 공과금을 해결한 김남우는 빌린 돈도 일부 갚았다. 1000만 원은 순식간에 없어졌다. 김남우는 조금 후회했다. 눈 딱 감고 심장을 찔렀다면 1억 원이었을 텐데. 누군가 진짜 죽는다는 게 무서워서 차마 찌르지 못했지만, 생각해 보면 자기기만이다. 그럴 거면 애초에 얼굴도 찌르지 말았어야 했다. 아예 안

하든가, 할 거면 확실히 하든가. 아쉬움에 입맛만 다시던 김남우는 문득, 인터넷에서 본 글이 생각나 댓글을 달았다.

[이거 정말 실화였군요. 저도 이틀 전에 같은 경험을 했습니다.]

얼마 안 가 그에게서 쪽지가 날아왔다.

[어디서 만났습니까? 제가 만난 곳과 같습니까?]

[아니요. 저는 선유도 공원이었습니다. 한강을 따라 돌아다니나 봅니다.]

[혹시 어디 찌르셨나요?]

상대의 질문에 김남우는 잠깐 고민하다가 답했다.

[저는 팔 찔렀습니다.]

[아. 저랑 똑같군요. 10만 원 받으셨겠네요. 저는 요즘 불안해 죽겠습니다. 이런 이야기에서 보면 대부분 주인공 주변 사람들이 다치거나 하지 않습니까. 제 주변 사람들이 다칠까 봐 너무 걱정입니다.]

[저주 인형이면 찌른 순간 다치지 않았을까요? 지금 멀쩡하다면 걱정 안 하셔도 될 것 같은데요.]

[그렇겠죠? 그럼 다행인데…. 그래도 불안하니까 저는 그분을 찾아서 다시 돈을 돌려줘야겠습니다.]

[불안하시다면야 뭐, 그러셔야겠네요.]

대화를 끝내려던 김남우는 문득 떠오른 생각에 마지막 메시지를 보냈다.

[혹시 그분 찾게 되면 제게도 연락해 주시겠습니까? 저도 돈을 돌려주고 싶어서 말입니다. 저도 찾아보고 연락드리겠습니다.]

[예. 알겠습니다.]

김남우는 그와 전화번호를 주고받았다. 그의 목적과는 달랐지만, 김남우도 노신사를 다시 만나고 싶었다. 이후 며칠간 김남우는 한강 근처 공원을 배회했다. 직장이나 아르바이트를 알아보는 것보다 노신사를 만나 침 한 번 찌르는 게 훨씬 낫다고 생각했다. 운이 좋았을까, 뚝섬 공원에서 노신사를 발견했다. 곧장 달려가서 말을 걸자, 노신사가 김남우를 알아보았다.

"오. 안녕하십니까."

"네 안녕하세요. 저기, 한 번 더 찌를 수 있을까요?"

"그럼요. 저번과 다른 인형입니다."

노신사가 김남우를 향해 상자를 열었다. 김남우는 장침을 받아들고 잠시 망설였다.

"진짜 누군가 죽나요?"

"그렇습니다."

"그 누군가가 혹시…. 제 주변 사람일 수 있나요?"

"알려드릴 수 없습니다."

노신사의 미소 띤 얼굴이 김남우를 불안하게 했다. 하지만, 이미 그의 손은 심장을 향해 움직이고 있었다.

"으허억!"

저번처럼 물컹한 살덩어리를 찌르는 듯한 감각에 김남우는 몸서리쳤다. 얼른 찔러 넣고 손을 떼자, 노신사가 탁! 하고 상자를 닫았다.

"돈은 택배로 보내드리겠습니다. 주소를 알려주시죠."

"네?"

"계좌 이체는 증거가 남아서 말입니다."

김남우는 그래놓고 안 보내주면 어쩔 거냐는 말이 목구멍까지 올라왔지만, 사실 이렇게 쉽게 1억 원을 버는 입장에서 할 말은 아니었다. 어쩔 수 없이 주소를 알려주었고, 노신사는 웃으며 떠났다. 놀랍게도 김남우는 다음 날 집 앞에 놓인 1억 원을 확인할 수 있었다. 김남우는 입이 귀에 걸렸다. 이런 거금을 이렇게 쉽게 벌 수 있다니! 누군가 죽는다는 것에 대한 죄책감은 생기지도 않았다. 그의 머릿속은 이대로 몇억만 더 벌어서 다시 가게를 열자는 희망으로 가득 차있었다.

실제로 김남우는 한강 근처 모든 공원을 매일 같이 돌아다녔다. 하지만 노신사를 쉽게 발견할 순 없었다.

"아, 찾으면 1억인데…."

일주일 내내 뒤져도 노신사를 발견하지 못하자 김남우는 초조해졌다. 인터넷에 글을 올린 사람에게까지 연락을 취했다.

[혹시 그 노인 찾으셨습니까?]

[아뇨. 제가 일이 좀 바빠서 찾아다니질 못했습니다.]

[아 네. 찾으면 꼭 연락해 주세요. 저도 불안해서 미치겠네요. 어서 10만 원을 돌려주고 싶습니다.]

[저도 그렇습니다. 말 나온 김에 이번 주말에는 한번 찾아보겠습니다.]

[네. 저도 찾으면 연락드리겠습니다.]

김남우는 큰 기대를 하진 않았다. 그런데 웬걸, 주말에 그 남자에게서 연락이 왔다.

[찾았습니다. 지금 난지도에 노인이 있습니다.]

[지금 당장 가겠습니다!]

김남우는 현금 10만 원을 챙겨서 난지도로 향했다. 다행히 근처를 뒤지고 있었기 때문에 금방 도착할 수 있었다. 그가 뛰어오는 모습을 보고 한 남성이 말을 걸어왔다.

"남우비상 님?"

"네! 삽살개 님?"

"이야, 반갑습니다!"

사내는 같은 커뮤니티 유저를 만나는 게 처음이라며 반가워했지만, 마음이 급한 김남우는 곧장 본론으로 들어갔다.

"예. 근데 그분 어디 계시죠?"

"아. 저는 이미 10만 원을 돌려드렸습니다. 저쪽에 계셨는데요. 어서 가보시죠!"

"네네, 감사합니다! 가보겠습니다!"

김남우는 사내가 가리킨 방향으로 냅다 뛰었다. 혹시 사내가 따라붙을까 봐 사력을 다해 뛰었다. 달리다 보니 익숙한 복장이 눈에 들어왔고, 김남우는 소리쳤다.

"잠깐만요, 어르신!"

노신사 앞에 다다른 김남우는 작게 속삭였다.

"한 번 더 찌를 수 있을까요?"

"그럼요. 물론입니다."

노신사는 김남우를 향해 상자를 열었다. 김남우는 망설임 없이 장침으로 심장을 푹 찔렀다. 한데, 살덩어리의 물컹한 느낌이

나지 않았다.

"어?"

대침이 인형 밖으로 힘없이 쑥 통과해 버리자, 노신사가 고개를 저었다.

"가해 총량이 부족하시군요."

"예?"

"선생님이 타고난 가해 총량이 한 명분의 목숨과 한 명의 얼굴을 망가뜨리는 정도였나 봅니다."

"아니 그런, 연쇄 살인마들은 수십 명씩 죽이는데요?"

"각자가 타고난 가해 총량이 다르니까요. 아쉽군요. 남은 가해 총량을 쓰려면 다른 곳도 한 번 찔러보시죠?"

김남우는 어쩔 수 없이 얼굴을 찔러봤지만, 그 느낌이 들지 않았다. 몸통을 찔렀을 때도 없었고, 팔을 찔렀을 때에야 그 느낌이 들었다.

"여기 10만 원입니다."

노신사에게 돈을 받는 김남우의 표정이 좋지 않았다. 고작 10만 원이라니, 1억 원이 아니라 10만 원이라니.

"그럼 저는 앞으로 다시 선생님을 뵈어도, 더는 찌를 수가 없는 겁니까?"

"그렇습니다. 가해 총량을 다 쓰셨으니까 말입니다."

"아…."

떠나는 노신사의 뒷모습을 보면서, 김남우는 진한 아쉬움에 어쩔 줄을 몰랐다.

살면서 처음 날로 먹어보았는데, 이렇게 허무하게 끝날 줄이야. 김남우는 허탈한 마음으로 집에 돌아왔다. 우울했지만, 남아있는 현금다발을 보며 애써 좋게 생각하기로 했다.

"그래도 1억 원이 어디냐."

김남우는 빚을 갚고 남은 돈을 어디에 쓸지 계획을 짰다. 그때, '딩동' 현관 벨이 울렸다.

"누구세요?"

현관문을 열고 나간 김남우는 뜻밖의 얼굴을 확인했다. 낮에 만난 커뮤니티 유저, 삽살개다.

"어? 여긴 어떻게?"

"물어볼 게 있어서 말입니다. 처음 볏짚 인형의 팔을 찔렀다고 하셨죠?"

"예? 아 네."

"그거 아십니까? 당신이 볏짚 인형의 팔을 찔렀다던 그날, 제 딸의 얼굴이 망가졌습니다."

"예? 예?"

김남우의 눈동자가 사정없이 흔들렸다. 사실, 얼굴을 찔렀는데…?

"그리고 얼마 전, 당신은 볏짚 인형의 심장을 찔렀죠?"

"아, 아니…!"

"그날 제 아내가 죽었습니다."

사내의 눈에 붉은 핏발이 섰다. 김남우가 당황할 때, 사내가 한쪽 팔을 들어 올렸다. 그의 한쪽 팔이 피에 젖어있었다.

"그리고 오늘, 당신이 팔을 찔렀군요."

"어엇, 아니 그…!"

사내가 식칼을 꺼내 들었다. 김남우는 황급히 문을 닫으려 했지만, 사내의 동작이 더 빨랐다. 사내가 집 안으로 들어서자, 김남우는 혼비백산하여 물러났다.

"아, 아니! 아닙니다! 아니!"

"제가 어떻게 알았는지 아십니까? 저도 당신과 똑같은 일을 경험했기 때문입니다. 심장을 찔렀죠. 1억 원은 달콤했습니다. 인터넷에 그 글을 올렸을 때 누군가에게 연락이 오더군요. 당신은 팔을 찌른 게 아니라 심장을 찔렀다고. 당신이 죽인 건 내 가족이라고. 그 볏짚 인형이 저주하는 대상은, 이전에 볏짚 인형을 찌른 사람이라고 말입니다."

"그, 그…!"

"그는 말하더군요. 나는 당신에게 복수하지 않을 것이다. 어차피 내가 아닌 다른 누군가가 그 볏짚 인형을 찌르게 될 테니까, 라고요."

"아아아아! 오지 마!"

식칼을 들고 다가오는 사내를 향해, 김남우는 옆에 놓인 화분을 잡아 던졌다. 하지만 화분은 빗나갔다. 김남우는 야구 방망이를 집어 들고 맞섰다.

"저, 저리 가! 저리 가!"

김남우가 방망이를 마구 휘둘렀지만, 사내의 걸음은 조금도 느려지지 않았다. 사내는 비릿하게 웃으며 말했다.

"당신이 저항할 수 있다고 생각하십니까? 아까 팔을 다쳤을 때 알았습니다. 당신이 가해 총량을 다 썼단 걸. 당신은 내 손끝 하나도 막을 수 없습니다."

"뭐, 뭐?"

덮쳐오는 사내를 향해 방망이를 휘두르려던 김남우는 그의 말 뜻을 깨달았다. 방망이가 휘둘러지지 않았다. 김남우는 절망했다. 그의 말이 맞았다. 손끝 하나 저항할 수 없었다. 그를 밀치는 행위조차도 허락되지 않았다. 주어진 가해 총량을 모두 다 썼으니까….

노인을 위한 일자리는 있는가

"아무것도 없는 건 가난이 아니야. 그냥 내 한 몸 먹여 살리기만 하면 되는 건 축복이지. 가난은 마이너스야. 집안에 누가 큰 병이 있든가, 알코올중독이든가, 사이비 종교에 빠져있든가. 끝없이 빚을 만드는 가족들이 있는 거. 그게 가난이야."

김남우는 말하며 자조 섞인 웃음을 지었지만, 유쾌하지 않았다. 눈앞의 혜화도 웃진 않았다. 할 말을 찾다가 못 찾은 듯 뱉은 그 말.

"오빠 힘내요."

"그래. 고맙다."

김남우는 웃으며 버스에 올랐다.

다음 날, 가게로 출근한 김남우에게 사장이 곤란한 얼굴로 말했다.

"거참. 혜화 개가 갑자기 그만둔다네."

"혜화가요?"

"그래!"

사장은 머리를 벅벅 긁으며 투덜댔다.

"걔가 너 좋아하는 것 같아서 오래 다닐 줄 알았건만, 어떻게 갑자기 그만두냐. 방학도 아닌데 당장 아르바이트생을 어디서 구하라고."

"그렇네요."

김남우는 씁쓸했지만, 딱히 할 말이 없었다. 혜화도 가난까지 좋아할 수는 없었겠지. 그날은 임시방편으로 사장과 김남우가 바쁘게 움직였다. 다음 날, 김남우는 출근길에 우연히 만난 친구 정재준을 불러 세웠다.

"야! 마침 잘됐다. 너 나랑 같이 아르바이트 안 할래? 잠깐이라도."

"음. 글쎄. 잘 모르겠는데."

"일단 따라와 봐."

정재준을 데리고 출근한 김남우는 못 보던 얼굴을 보게 되었다. 웬 노인이 가게에서 청소를 하고 있는 게 아닌가.

"사장님 저분은 누구세요?"

"어어. 어제 급하게 구했어."

"네? 아니, 저분 연세가 있으신데, 아르바이트생으로 쓰시겠다고요? 괜찮으시겠어요?"

"급하니까 어쩔 수 없지. 게다가 저 나이에도 일하려고 열심히 하시는데, 기회는 줘야겠다 싶더라고."

"음."

김남우는 솔직히 못마땅했다. 저 노인의 부족한 부분을 자신이 떠맡게 될 것 같았다. 정재준에게도 미안했고.

"미안하다 재준아. 벌써 구했다네."

"아니야 괜찮아. 근데 저 할아버지 어디서 본 것 같은데…. 어디서 봤더라?"

"알아?"

"음…. 아니야. 모르겠네. 하여간, 오늘도 수고해라. 난 가볼란다."

김남우는 못 미더운 눈으로 종일 노인을 관찰했다. 한데, 그의 생각보다 노인은 열심히 움직였다. 모르는 게 있으면 적극적으로 물어봤고, 열심히 하려는 의지가 눈에 보였다.

"김남우 씨. 이건 이렇게 하면 되는 거죠?"

"네? 네. 근데 이 부분을 잡아서 드시는 게 안전하고요."

일의 효율이 젊은 사람들보다는 못했지만, 농땡이를 부리지 않았다. 김남우는 하루 만에 노인에 대한 편견을 거두고 생각했다.

'저 나이에도 정말 열심히 일하려고 하시네. 하긴, 요즘 모두가 다 힘드니까. 재준이야 뭐 취업도 보장됐으니, 잘됐네.'

며칠간 지켜봐도 노인은 꾸준히 성실했다. 사장도 그를 긍정적으로 평가했다.

"느려서 좀 그렇긴 한데, 일 처리는 꼼꼼해. 특히 사람 응대할 때는 확실히 연륜이 느껴지네. 친절하시고."

"맞아요. 잘하시더라고요. 잘 뽑으신 것 같아요."

"그래. 저런 분이 또 대학생들보다는 오래 일하시겠지. 근데 다 좋은데, 오전 대타가 안 되는 게 좀 아쉽네."

"오전엔 무슨 사정이 있으시대요?"

"자세한 건 모르겠는데, 별수 없지. 야간에 열심히 하시니까. 네가 좀 잘 알려줘."

"네."

안 그래도 김남우는 열심히 하려는 노인의 태도에 감동해 많은 걸 알려주고 있었다. 가게 분위기가 좋았다. 이대로 아무 일도 일어나지 않았다면 말이다.

"아니, 요즘처럼 어려울 때 월세를 100만 원이나 올려달라는 게 말이나 돼?"

건물주에게 불려 갔다 온 사장은 불같이 화를 냈다.

"아무리 조물주 위에 건물주라지만, 너무한 거 아니야? 나 원 진짜!"

"진짜 말도 안 되네요. 너무합니다 정말!"

"이제 겨우 풀칠이나 하는데, 나가라는 말이냐 뭐냐? 인테리어 다 해놨더니 아오! 더러워서 진짜! 건물주 아닌 게 죄다 죄!"

김남우는 동조밖에 할 수 없었다. 종일 붉은 얼굴로 욕설을 쏟아내던 사장은 다음 날 미안한 얼굴로 말했다.

"남우야. 아르바이트생을 한 명만 써야겠다. 아무래도 그 방법밖에는 없겠네."

"예?"

"월세를 저렇게 올려버리니까 방법이 없네. 내가 더 많이 일하고, 그럴 수밖에 없겠다."

"아, 예."

김남우는 어쩔 수 없음을 이해했다. 일이 조금 힘들어지겠지만, 사정이 그러니까.

"문제는 누구를 쓰느냐는 건데…."

"예? 뭐라고요?"

"미안하지만 한 명은 자를 수밖에 없잖니."

당연히 자신을 선택할 줄 알았던 김남우는 깜짝 놀랐다.

"이걸 고민한다고요? 아니, 할아버지랑 저를 두고요?"

"음…."

"아니 당연히 제가 더 오래 일했고, 일도 더 잘하는데요, 사장님!"

"그건 맞는데. 그 양반 그 나이 먹고 새로 일자리 구하는 게 쉬운 일도 아닐 테고."

"저는요? 전 당장 일이 끊어지면 안 되는 인생인데요!"

"넌 그래도 젊으니까. 그리고 네가 물론 일을 더 잘하긴 하지만, 그분은 사람 응대를 잘하시잖니. 연륜이 있어서 확실히 달라. 가게 후기만 봐도 서비스 좋다는 평가가 늘었잖아."

"아무리 그래도 어떻게…."

"일단 내가 더 생각해 볼게. 생각해 볼 테니까 나중에 이야기하자."

김남우는 황당함을 숨길 수가 없었다. 솔직히 사장과 노인을 좋게 볼 수가 없었다. '내가 같은 일을 해도 두 배는 빨리할 자신이 있는데, 이걸 고민해?' 아무리 봐도 분위기가 나이 많은 어르신을 위해 자신이 양보해야 하는 느낌이었다.

김남우는 그날 친구 정재준을 불러낸 술자리에서 사장을 씹을 수밖에 없었다.

"늙은 게 벼슬이야? 늙으면 다 봐줘야 해? 어? 내가 얼마나 일했는데 거기서. 진짜 섭섭하다!"

한참 속풀이 하던 그는 핸드폰을 들이밀며 말했다.

"야야. 여기 SNS 후기 봐봐. '할아버지가 정말 열심히 하시고 친절하시다.' 이거 솔직히 나이만 먹어도 들을 수 있는 칭찬 아니냐? 후기 몇 개나 된다고 이딴 걸로 나랑 노인네를 두고 고민해? 직원이 일을 잘해야지. 아이 씨 진짜!"

"진짜 너희 사장이 뭘 모르는 거지."

김남우를 위로하며 술잔을 채우던 정재준은 문득, 술병을 내려놓으며 핸드폰을 집어 들었다.

"어어? 잠깐만. 이거?"

미간을 좁힌 채 사진을 바라보던 정재준이 소리를 질렀다.

"맞네! 이 할아버지 그 사람이네! 어쩐지 어디서 많이 본 것 같더라니!"

"뭐가?"

"야! 이 할아버지 주식계의 전설이야! 지금도 증권회사 운영하고 있을걸? 와. 저렇게 차려입어서 못 알아봤네!"

"뭐라고? 뭔 말이야 이 노인네가 뭐?"

"투자의 귀재! 한국의 워런 버핏이라고 생각하면 돼! 주식계에서는 엄청 유명해! 소수 정예로 운영하는 증권회사도 엄청 실력 있다고 유명하잖아!"

"뭐야? 그거 진짜야? 잘못 본 거 아니고? 그런 사람이 왜 여기서 알바를 해!"

"진짜야! 확실하다, 사진으로 보니까 알겠네!"

"야. 말도 안 되는 소리 하지 마! 진짜야?"

김남우는 아무리 생각해도 믿을 수 없었다. 그의 상식으로는 이해할 수 없는 일이다.

결국 다음 날 아침, 정재준이 직접 확인시켜 주겠다며 그를 강남의 한 빌딩으로 데려갔다. 화려한 빌딩을 보면서도 김남우는 설마 했지만, 고급 세단에서 내리는 노인의 모습을 보고는 믿지 않을 도리가 없었다. 먼발치서 그 모습을 보자마자, 김남우는 자기도 모르게 달렸다.

"저기요!"

소리 지르며 노인의 앞을 가로막은 김남우는 노인을 강렬하게 노려보았다. 반면, 노인은 평온한 얼굴로 웃었다.

"오, 자네가 여긴 웬일인가?"

"뭐라고요? 아니, 아니!"

흥분해서 어떤 말을 해야 할지 몰라 하는 김남우를 본 노인은 웃으며 말했다.

"들어가서 커피나 한잔할까?"

김남우는 자신을 지나치는 노인의 뒤를 따라나서며, 노인의 말투가 평소 가게에서 일할 때와 다르다고 생각했다. 무척 당연하게도 말이다. 김남우는 응접실로 가는 동안 머릿속으로 할 말을 정리했지만, 막상 자리에 앉으니 급하게 횡설수설했다.

"가게에서 일하는 이유가 뭡니까? 예? 아니, 이렇게 회사도 있으신 분이, 재산도 수천억 원이 넘는다면서요!"

노인은 그저 웃으며 차를 내오더니, 마주 앉아 손목시계를 보며 말했다.

"내가 자네에게 낼 수 있는 시간이 앞으로 3분 있군."

"뭐요?"

김남우의 표정이 일그러졌다. 노인은 손가락으로 시계를 톡톡 두드리며 말했다.

"내가 하는 일이 그런 일이야. 몇 초 만에 수억 원이 오가는 일이지. 매 순간 신경을 곤두세우지 않으면 순식간에 몇억을 날릴 수도 있어."

"몇억…?"

"아무리 일 중독자라는 소리까지 들었던 나라지만, 이렇게 매 순간 긴장을 유지해야 하는 환경은 지칠 수밖에 없었어. 안전 바가 없는 롤러코스터를 자네가 운전한다고 생각해 봐. 수많은 사람을 태우고, 끝없이."

"근데, 근데 왜 가게에서 일까지 하는 겁니까?"

"음. 정신적으로 너무 지치니까 기분 전환 할 게 필요했어. 취미 같은 거 말이야. 근데 어렸을 때부터 일 중독자였던 난 영 취미가 없었단 말이야. 뭐로 어떻게 기분 전환을 할지 모르겠더군. 근데, 단순한 일을 하니까 기분 전환이 되지 뭐야? 신경 쓸 것도 없고 긴장할 필요도 없이, 그냥 단순 반복 업무만 하면 되니까 얼마나 마음이 편한지 몰라. 원래 내가 하던 일에 비하면 세상에 이렇게 쉬운 일이 없어. 뭘 해도 쉽게 성취감을 얻는, 정신적 보상 체계도 너무나 간단해. 이렇게 쉬운 일로 기분 전환 하니까 본업으로 돌아갔을 때 능률도 올라가고 좋더군. 그래서 아르바이트를 하는 게 내 취미가 됐어."

"뭐요? 취미?"

"이제 대답이 됐나?"

김남우는 울컥했다.

"취미라고요? 전 그 일이 없으면 당장 생활이 불가능한데, 그게 취미라고요? 누군 일이 목숨인데 취미? 기분 전환?"

"그거 안타깝군."

"뭐요?"

"자네 마음은 이해하는데."

"무슨 이해요!"

"이해하는데, 내가 아르바이트하면 안 된다는 법은 없지 않나? 내가 일을 하는 게 죄는 아니잖아?"

김남우는 죄라고 소리치고 싶었지만, 그럴 수 없었다. 노인의 말대로 누가 무슨 일을 하건 그게 죄는 아니다. 하지만.

"왜 그런 일을 하는데요! 왜 저처럼 가난하고 못 배운 사람이 간신히 할 수 있는 일까지 하느냐고요!"

"적절하거든."

노인의 답에 김남우는 할 말이 없었다. 가난마저 빼앗긴다는 말이 이런 것일까?

"3분이 다 된 것 같군. 조심히 가게."

노인이 김남우보다 먼저 일어났다. 김남우는 붉은 눈으로 그저 바라볼 수밖에 없었다.

빌딩을 나선 김남우는 당장 가게로 달려가 사장에게 모든 걸 말했다.

"그 양반 재산이 얼만지 알아요? 1000억 원이 넘습니다! 그 빌딩 건물주라고요! 여긴 그냥 놀이로 일하는 겁니다, 놀이로! 기만이라고요!"

"으음…."

"시제 안 맞아서 고작 1만 원 때문에 한 소리 들을 때 속으로 얼마나 비웃었겠어요? 예? 근데도 제가 아닌 그 양반을 쓰겠다고요?"

사장의 표정도 김남우처럼 좋지 않았다.

"내가 생각해도 이건 좀 아니네. 참, 일하면서 얼마나 우스웠을까? 진짜 사이코네! 그래, 알았다. 내일 출근하면 그 양반 자를 테니까 너도 일찍 와라."

"예예!"

김남우는 다음 날 평소보다 일찍 출근했다. 노인은 출근 전이었는데, 사장이 그에게 다가와 말했다.

"미안한데, 그 양반을 쓰기로 했다. 이번 달까지만 일해주었으면 하는구나."

"뭐라고요?"

김남우는 몹시 분노했다. 당연히 이유를 물었고, 사장의 입에서 어떤 이유가 나와도 부조리하다고, 억울하다고 말할 준비가 되어있었다.

"너보다 무조건 시급 500원을 덜 받겠다고 하는구나. 나도 그 양반이 날 기만하는 건 기분 나쁘긴 한데…. 영세사업자잖아. 이해하지?"

"…."

김남우는 납득할 수밖에 없었다.

모두 다 결정되어 있다

극장 중앙의 한 좌석, 죽은 듯 있던 남자가 번쩍 눈을 떴다. 그의 머릿속은 새하얗다.

"나는 누구고, 여긴 어디고, 뭘 하고 있는 거지?"

남자가 내뱉은 질문에 누군가 답했다.

"여긴 번외 공간입니다. 이곳에서 당신은 인생을 선택할 겁니다. 이미 결정된 인생을 말입니다."

"그게 무슨 말입니까?"

남자가 멍하니 허공을 향해 묻자, 옆자리에 한 사내가 나타났다.

"사람은 누구나 태어나기 전에 이곳에서 인생을 선택하고 갑니다. 그러니, 삶이 그리 억울할 건 없죠."

"제가 태어나기 전이라고요?"

"예. 쉽게 말하면요. 그런 말이 있는 것 아십니까? 인생은 B와

D 사이의 C다. 탄생과 죽음 사이의 선택이라고 말입니다. 이곳이 바로 선택을 하는 곳입니다."

남자는 곰곰이 생각하다가 갸웃거리며 물었다.

"보통은 태어난 뒤에 선택하면서 살다가 죽는 게 순서 아닙니까? 왜 선택을 먼저 합니까?"

"양자역학에 의하면 시간은 대상이 아닙니다. 현재, 과거, 미래를 나누는 게 의미가 없죠. 일어날 일은 다 일어난 역사가 존재할 뿐이니, 순서 따위 알 게 뭡니까?"

"그게 무슨…."

"쉽게 말해서, 당신의 인생은 숨 쉬는 것 하나까지 모두 다 이미 결정되어 있단 말입니다. 당신이 태어나 살면서 자유의지로 행동하는 게 아니라, 이미 손짓 하나하나 정해져 있죠. 그렇기 때문에 번외 공간이 존재하는 겁니다. 시작 전에 선택하는 곳 말입니다."

"시작 전에…?"

"지금부터 당신은 어려운 선택 몇 가지를 하셔야 할 겁니다. 둘 중 하나를 결정하는 게 정말 힘들겠지만, 최선을 다하셔야 합니다. 둘 중 하나의 사건이 당신의 인생이 되니까요."

"제 인생이 된다고요? 그럼 저는 제가 선택한 그 사건을 기억한 채로 태어나는 겁니까?"

"아니요. 그런 개념이 아닙니다. 당신은 지금 태어나지도 죽지도 않은 상태입니다. 당신이 이곳에서 한 선택은 과거도 미래도 아닌지라, 그런 걱정은 안 하셔도 됩니다. 이곳은 인생의 시작 전이면서 동시에 끝 이후이니까요."

"아…."

사내가 손을 뻗어 극장 스크린을 가리켰다.

"시작하겠습니다. 정말 어려운 결정이 되겠지만, 둘 중 한 사건은 반드시 일어나야 하니까, 잘 선택하시길 바랍니다."

남자가 스크린을 바라보자 영상이 재생됐다. 사내가 옆에서 해설하듯 말했다.

"당신이 다섯 살 때, 집에 불이 나서 큰 화상을 입게 됩니다. 얼굴의 절반을 비롯해 반신이 화상으로 일그러지고, 그 흉터는 평생 갑니다."

"세상에!"

"그게 아니면."

스크린에 다른 영상이 펼쳐졌다.

"당신이 다섯 살 때, 당신의 아버지가 교통사고로 사망하게 됩니다. 이 두 사건 중 하나를 선택하시죠."

"뭐라고요?"

스크린 속 끔찍한 영상을 본 남자의 얼굴이 일그러졌다.

"둘 중 하나를 꼭 골라야 한단 말입니까?"

"제가 어려운 선택이라고 하지 않았습니까? 힘드시겠지만, 꼭 하나를 골라야만 합니다. 신중하게 선택하시죠."

"으음."

남자는 심각한 얼굴로 화면을 노려보았다. 내 인생의 다섯 살

때, 어떤 사건이 벌어지는 게 낫단 말인가. 평생 화상 환자로 사는 것이냐, 아버지가 돌아가시는 것이냐. 남자는 한참 만에 결정을 내렸다.

"둘 다 내 인생에 절대 있지 않았으면 하는 일이지만, 그래도 하나를 고르자면 불이 나는 게 낫겠습니다. 불과 다섯 살에 아버지를 잃고 싶진 않네요."

"좋습니다. 그렇게 결정하겠습니다. 그럼 다음 선택입니다."

스크린에 새로운 영상이 펼쳐졌고, 사내는 설명했다.

"당신은 학창 시절에 화상 흉터로 왕따를 심하게 당하게 됩니다. 왕따는 고등학교를 졸업할 때까지 계속되면서 어마어마한 고통을 줄 겁니다."

"허…."

"그게 아니면."

스크린 속 영상이 바뀌었다.

"당신은 중학교 때, 화상 흉터를 놀리는 아이를 가위로 찔러 죽입니다. 당신의 학창 시절은 끝나버렸고, 평생 살인자라는 꼬리표를 달고 살아가게 됩니다. 둘 중 하나를 선택하시지요."

"아니, 정말! 어떻게 그럴 수가 있단 말입니까? 둘 중 하나를 고르라니?"

남자의 얼굴이 사정없이 일그러졌다. 무슨 선택지가 이렇단 말인가. 학창 시절 내내 왕따를 당할 것이냐, 살인자가 될 것이냐. 둘 중 한 가지 일을 겪어야만 한다니!

한참 동안 끙끙 앓던 남자는 겨우 대답했다.

"왕따를 선택하겠습니다."

"그렇게 선택하셨군요. 좋습니다. 그럼 다음 선택입니다."

스크린에 다시 새로운 영상이 펼쳐지며, 사내가 설명했다.

"고등학교를 졸업하자마자 공장 일을 시작한 당신은 열심히 돈을 모았습니다. 먹을 것 안 먹고 입을 것 안 입고 힘들게 10년 동안 돈을 모았는데, 공장 사람에게 그만 모든 돈을 사기당하고 맙니다."

"뭐야?"

"그게 아니면, 당신의 아내가 첫째 아이를 유산하게 됩니다."

"허."

남자는 어이가 없어서 화가 났다.

"어떻게 이럴 수가 있습니까? 제 인생은 왜 이런 일만 일어나야 합니까?"

"다른 인생도 크게 다르지 않습니다. 누구나 삶에 고난과 역경이 있으니까요. 그래서 번외 공간인 이곳에서 선택의 기회가 주어지는 것입니다. 아무리 괴로운 일이어도, 내가 선택하는 게 그나마 좀 낫지 않겠습니까? 자, 선택하시지요."

남자는 동영상을 보며 신음을 삼켰다. 사기가 나은가, 첫째 아이를 유산하는 게 나은가.

"이건…. 정말 어쩔 수 없지 않습니까? 사기를 당하겠습니다."

"이해하셨군요. 그럼 다음 선택입니다."

이번에 펼쳐진 영상도 남자를 우울하게 했다.

"당신의 암 투병, 아니면 사춘기 딸의 극심한 방황입니다."

"아니 도대체가 이…!"

고민하던 남자는 본인의 암 투병을 선택했다.

"다음은 아내의 외도로 이혼하게 되는 사건이나, 태풍으로 인한 부모님의 사망입니다."

"뭐라고요?"

뭐 이런 선택지가 다 있는가. 남자는 신중하게 고민했다.

"끄응…. 아내의 외도로 이혼하겠습니다."

"네. 알겠습니다. 다음 선택입니다. 당신이 교통사고를 내면서 어마어마한 빚을 지게 되는 사건. 그게 아니면 하나뿐인 딸과 싸워서 인연을 끊는 일입니다."

"대체…. 휴, 교통사고를 선택하겠습니다."

"알겠습니다. 그럼 마지막 선택입니다."

마지막으로 펼쳐진 영상은 사내를 절망케 했다.

"홀로 쓸쓸히 골방에서 죽음을 맞이하는 일. 그게 아니면, 가족들의 죽음을 직접 목격하는 일입니다."

"해도 너무하지 않습니까? 뭐 이런 거지 같은 삶이 다 있습니까? 차라리 태어나고 싶지 않습니다."

"이미 일어난 일이니 어쩔 수가 없습니다."

"하아…. 골방에서 홀로 죽겠습니다."

"알겠습니다. 모든 선택이 완료되었습니다."

사내는 극장 위쪽의 뒷문을 가리켰다.

"저 문으로 나가시면 인생이 시작될 겁니다. 그럼 가시죠."

남자는 극장의 계단을 올라가 뒷문을 열고 나갔다. 그 모습을 지켜보던 사내의 고개가 극장 아래의 입구로 향했고, 방금 뒷문으로 나갔던 남자가 바로 걸어 나왔다.

"…아!"

짧게 탄식한 남자는 몹시 지친 얼굴로 걸어왔다. 계단을 올라온 그는 사내의 옆자리에 털썩 앉으며 말했다.

"제가 살면서 겪은 불행한 일들이 다 제가 선택한 것이었군요."

"그렇습니다."

남자는 아련하게 먼 곳을 보았다.

"이곳에서 주어진 선택지의 공통점을 알겠습니다. 인생에서 제힘으로 어찌할 수 없는 일들, 제가 살면서 겪은 그 불행한 것들은 모두 제힘으로 어찌할 수 없는 일이었습니다. 무력한 저의 잘못인 줄 알았는데, 이제 보니 저는 그래도 최선을 다했었군요."

"그렇습니다."

"이제는 편안히 눈 감을 수 있겠습니다. 죽는 순간에도 삶에 미련이 있었는데, 지금은 후련하군요. 그래도 하나쯤은 궁금하네요. 내가 다른 선택을 했다면, 내 인생은 어떻게 됐을까…?"

남자는 의자 깊숙이 기대어 눈을 감았다. 지켜보던 옆의 사내는 작게 중얼거리며 사라졌다.

"다른 선택을 할 일은 없을 겁니다. 시간엔 순서가 없고, 당신의 행동은 모두 결정되어 있으니까요."

죽은 듯 누워있던 남자가 번쩍 눈을 떴다. 그의 머릿속은 새하왔다.

"나는 누구고, 여긴 어디고, 뭘 하고 있는 거지?"

남자의 질문에 누군가 답했다.

"여긴 번외 공간입니다. 이곳에서 당신은 인생을 선택할 겁니다. 이미 결정된 인생을 말입니다."

작가의 말

『회색 인간』으로 시작했던 '김동식 소설집'이 어느새 10권을 채웠습니다. 이렇게나 많은 책을 내게 되리라고는 상상도 하지 못했습니다. 정말 감사합니다. 10권을 마지막으로 '김동식 소설집'은 끝입니다. 기분이 참 묘합니다. 자기 이름을 붙인 책을 열 권이나 냈다는 사실은 평생 자랑할 만한 뿌듯한 사건이겠지요. 제 인생에 커다란 기록으로 남을 겁니다.

어떻게 10권까지 올 수 있었을까 생각해 보면, 역시 독자분들 덕분입니다. 10권까지 수록된 총 단편의 수가 200편이 넘을 겁니다. 어떻게 이 많은 글을 봐주셨을까요? 여기까지 저의 글을 읽어주신 분들은 저를 아주 잘 아실 겁니다. 제 글의 패턴을 다 파악하셨을 수도 있고, 양념치킨의 마지막 조각처럼 물리셨을 수도 있죠. 가끔은 그런 생각도 합니다. 지금까지도 내 글을 찾아 읽어주시는 분들은 정으로 봐주시는 게 아닐까? 제 책의 독자들과 저는 단순히 창작자와 소비자의 관계가 아니라 정으로 묶인 사이가 아닐까 싶습니다. 혼자만의 생각일지도 모르지만요.

그래서일까요? '김동식 소설집'을 마무리하면서도 아쉽지는 않습니다. 여전히 제 글을 봐주시는 분들이 계시고, 그렇기에 저는 언제나 글을 쓸 것이고, 언젠가 새로운 결과물이 나올 테니까 말입니다.

시작 같은 끝, 그동안 '김동식 소설집'과 함께해 주셔서 정말 감사합니다. 너무 늦지 않은 때에 새로운 작업으로 찾아뵙겠습니다. 언제나 행복하시길 바랍니다!

이제는 그가 나를 기획해 낸다

_김민섭

김동식 작가는 온라인 커뮤니티의 공포 게시판에 '복날은간다'라는 필명으로 글을 썼다. 그러면서 성수동의 주물공장에서 일했다. 2017년 가을, 나는 인터뷰를 위해 그와 처음 만났다. 1년 반 동안 300여 편의 단편소설을 쓴 그를 꼭 만나보고 싶었다. 나는 그의 독자이기도 했다.

그에게 글을 왜 그렇게 많이 쓰고 있는지, 어디에서 배운 것인지를 물었다. 그는 독자들에게 댓글을 받는 것이 좋아서 쓰고 있다고 했고, 그들에게 글쓰기를 계속 배우고 있다고 했다. 이야기를 나누는 동안 나는 그를 계속 경이롭게 지켜보았다. 나는 그에게 단행본을 내볼 것을 제안했고 요다 출판사 한기호 소장의 요청에 따라 그의 소설집 『회색 인간』의 기획자로 참여하게 됐다.

그와 만난 지도 이제 4년이 지났다. 그는 그동안 900여 편의 소설을 썼고 열 권의 '김동식 소설집'을 세상에 내어놓았다. 그는 여전히 3일에 한 편씩 글을 쓴다는 자신의 원칙에 충실하다. 어떻게 그렇게 쓸 수 있느냐고 물으면 아직 쓰고 싶은 글이 많으며 그 일이 즐겁다고 말한다. 그리고 자신의 글을 읽어주는 사람들이 있기 때문에 그들을 위해서라도 계속 쓰고 싶다고 한다. 나는 그처럼 성실한 작가를 별로 본 일이 없다. 그를 보고 있으면 그가 '글 쓰는 요괴'가 아닐까, '글의 화수분'을 가지고 있는 게 아닐까, 하는 마음이 든다. 처음에 사람들은 그의 곁에 좋은 기획자가 있어 그가 잘되었다고도 했지만 그는 애초에 기획이란 게 별로 필요하지 않은 사람이었다. 자신의 자리에서 단단하게 존재하고 있었고, 언제든 세상에 나올 준비가 되어있는 사람이었다.

그의 소설에 대한 호불호는 많이 갈린다. 누군가는 천재 작가라고도 하고 누군가는 소설이라고 보기 어렵다는 평을 하기도 한다. 그러나 평론가도 소설가도 시인도 그의 글이 재미있다는 데는 모두가 동의한다. 사실, 그러면 된 것이다. 소설이라는 것의 본령은 결국 재미있는 이야기일 수밖에 없다. 물론 그의 소설이 단순히 재미있기 때문이라면 그가 여기까지 올 수도 없었을 것이다. 재미있을 뿐 아니라 우리의 현실을 돌아보게 하는 그의 소설은 독자에게 항상 물음표와 함께 여러 토론 거리를 남긴다.

김동식이라는 장르는 앞으로도 계속 단단할 것이다. 지금은 중고등학생들이 김동식을 읽으며 꿈을 키운다. 그는 중고등학교에서 번호표를 뽑고 기다린다는 그런 작가가 되었다. 1년에 강연을 200회 가까이는 다니는 듯하다. 중학교를 중퇴했다는 그가 어쩌면 누구보다도 가장 많이 학교에 출석한 사람이 될지도 모른다. 그의 글은 책에 익숙지 않은 학생들에게 마중물의 역할을 하고 있다. 그가 강연을 하고 나면 몇 명의 '김동식 키즈'가 생긴다. 몇몇 학생들이 어떻게 글을 쓰고 어디에 글을 쓰면 되는지를 꼭 묻는다고 한다. 나는 그들이 소설을 쓰며 우리 앞에 나아올 날을 기다린다. 대학생이 된 그들이 김동식 작가의 소설을 문학의 한 자리로 기억하며 연구하는 날을 기대한다. 김동식 작가는 그때까지도 자신의 자리에서 그들을 위해 묵묵히 글을 쓰고 있을 것이다.

바람이 있다면, 나는 계속 김동식 작가의 곁에 있고 싶다. 이제 그는 기획이 필요 없는 삶이지만 그라는 존재가 나를 조금 더 좋은 사람으로 만들어주고, 글을 읽고 쓰고 싶게 한다. 처음에는 내가 그를 기획했지만 이제만 그가 나를 기획한다. 또 그의 독자뿐 아니라 주변의 여러 사람들을 기획해 낸다. 곧 30대의 나이에 1000편의 소설을 완성할 그가, 계속 잘되면 좋겠다.

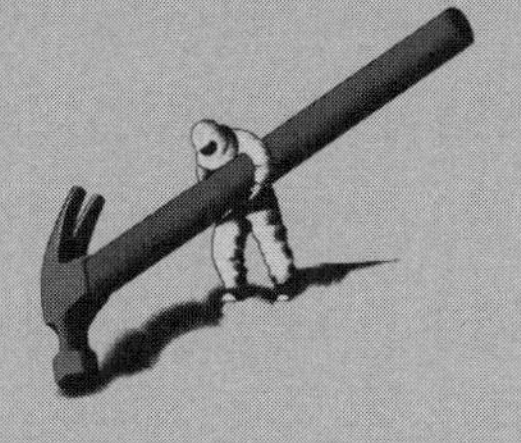

김동식 소설집 10

밸런스 게임

2021년 3월 10일 1판 1쇄 발행
2024년 8월 30일 1판 19쇄 발행

지은이 김동식
펴낸이 한기호
기 획 김민섭
책임편집 염경원
편 집 도은숙, 정안나, 유태선
마케팅 윤수연
경영지원 국순근
펴낸곳 요다
출판등록 2017년 9월 5일 제2017-000238호
주소 04029 서울시 마포구 동교로 12안길 14 삼성빌딩 A동 2층
전화 02-336-5675 팩스 02-337-5347
이메일 kpm@kpm21.co.kr

ISBN 979-11-90749-14-5 03810

· 요다는 한국출판마케팅연구소의 임프린트입니다.
· 잘못된 책은 구입처에서 교환해드립니다.
· 책값은 뒤표지에 있습니다.